Charles Berling

Un homme sans identité

LE PASSEUR
ÉDITEUR

Toutes les illustrations présentes dans ce livre sont des reproductions noir et blanc d'œuvres de Charles Berling, peintures, dessins, croquis…

www.le-passeur-editeur.com

ISBN : 978-2-36890-578-4

Ce qui est sacré, bien loin que ce soit la personne, c'est ce qui, dans un être humain, est impersonnel. Tout ce qui est impersonnel dans l'homme est sacré, et cela seul.

SIMONE WEIL

Je me suis souvent demandé si j'avais une identité, une façon d'être qui me soit propre et qui puisse me définir avec précision, faire de moi un être entier. En cet instant où je m'apprête à flâner avec vous, je vous avoue sur ces fines feuilles de papier en prenant ma plume la nuit (déjà un premier mensonge ! j'écris sur un ordinateur), que si j'ai une identité, c'est précisément de ne pas en avoir, ou bien d'en avoir plusieurs, voire une infinité.

Voilà. Ça commence là.

Je suis acteur, ce mot étrange pour dire acter, pour signifier qu'on acte en vrai dans la fiction, c'est-à-dire partout et nulle part. Ne suis-je pas moi aussi un individu ? Individu ne signifie-t-il pas justement : Un divisé ?

Adolescent, ce sentiment étrange de ne pas exister ne me lâchait jamais. Je n'existais que sous le regard des autres, par les autres et avec les autres.

Je me sens bien trop contradictoire pour n'être qu'un et un seul. Pour n'aller que dans une seule direction ou penser de façon univoque. Je ne sais pourquoi je m'applique depuis tout petit à me disperser, à me diluer dans le monde qui m'entoure. Serait-ce pour tâcher de m'y reconnaître un peu, de m'y trouver ? De jouir dans ce chaos où nous nous débattons tous les jours comme nous pouvons ?

Le théâtre, le cinéma et toute forme d'art dramatique ou toute forme de rencontres me permettent cela : m'éclater en morceaux, jouir de tout, du tout, de tous, tout en ne formant qu'un. De n'être pas limité à ma pauvre personne. J'allais dire à mon identité…

La multitude des personnages que j'ai pu jouer et que je joue encore, car la machine passionnelle qui m'entraîne ne s'arrête jamais et pourquoi s'arrêterait-elle en dehors de la maladie ou de la mort, sont comme une constellation d'identités qui se désagrègent et s'agrègent sans cesse pour composer ce que je suis, un mouvement, l'apparence d'un être qui me ressemble… ce que je suis et qui, avec le temps, se modifie un peu plus chaque jour.

Souvent les images que l'on prend de moi me tendent un miroir qui me confirme la volatilité de mon identité, son apparence multiple.

Ainsi l'art dramatique n'est-il qu'une flamboyante préfiguration de la mort puisqu'on se glisse déjà dans ce grand « Rien » qui est tout…

Je ne parlerai ici qu'à travers mon ressenti, sans autre distance que celle de mes sentiments. Je ne prétends à aucune analyse cohérente, ni de moi ni encore moins des autres, je souhaite que ces pages abritent des sensations multiples, éparses, pleines de joie ou de dépit, des histoires en tout sens.

Je désire ici rendre compte de ma stupéfaction face au monde grand et petit qui m'entoure, qui peut me rendre ivre de bonheur ou au contraire triste à mourir, révolté, écorché vif.

Les mots, mes pauvres mots pourront-ils narrer cet amas de vivant qui est en moi et qui ressemble par nature au grand chaos universel ?

Ce livre est né du fait que j'ai accepté de répondre aux questions d'une jeune femme qui s'intéressait à ma personne et qui, parce que je suis un acteur un peu connu du public, a cru bon s'adresser à moi et m'a persuadé que cela aurait quelque intérêt pour les autres, mes impressions, mes états d'âme.

Les autres, c'est-à-dire vous, toi, lecteur qui a bien voulu ouvrir ce livre, l'ayant découvert chez ton libraire, peut-être par hasard ou parce que tu auras entendu parler de moi après un dîner arrosé chez des amis qui vont encore au cinéma ou au théâtre et qui, parce qu'ils se sentent modernes, t'auront même proposé de m'acheter sur Internet. Elle m'a tout de suite parlé de sensualité et cela m'a suffi pour tenter l'aventure.

Vous êtes déjà autorisé à rire tant vous imaginez que je suis un être qui va où le doux vent le pousse. Et même pourquoi pas, vous êtes-vous peut-être dit que j'étais un brin lubrique ?

Elle voulait que nous mêlions le public et le privé. C'est parce qu'elle m'a posé toutes sortes de questions que vous lirez la suite de paragraphes qui composent ce livre, comme le kaléidoscope d'une existence éclatée.

Bon ! J'ai perdu ses questions dans les limbes de mon cerveau et les feuillets de nos conversations se sont égarés, mais finalement je me suis mis, encouragé par un éditeur tout à fait inconscient, à écrire ce livre.

« Il faut que tout se sache », disait Jean Eustache dans *La Maman et la Putain*, film que Jean-Louis Martinelli a eu la bonne idée de porter au théâtre en me confiant le rôle d'Alexandre, tenu au cinéma par l'unique et inoubliable Jean-Pierre Léaud.

Eh bien oui ! il faut que tout se sache… Cette phrase m'avait frappé pendant les répétitions et elle m'est restée en tête, elle m'amuse au plus haut point dans ce monde de cachotteries et de mensonges.

Que suis-je dans cette multitude ? Pas grand-chose certainement et, comme le chante mon ami Raphaël : « Que serons-nous dans cent cinquante ans ? »

C'est la grâce que peut avoir un écrit : tenter, même si c'est vain, maladroit, décousu, forcément un peu approximatif et voué à l'échec, de s'approcher d'une part de vérité de soi-même et donc des autres.

Bien sûr, je suis comme tous les hommes un menteur-né ! Pourtant, mon métier m'apprend tous les jours qu'il est mieux de se dévoiler que de se cacher. De toute façon, outre ce grand défaut de parler de soi, c'est le propre de l'acteur que de se montrer et même, parfois, se sacrifier au public. Et jouer, c'est mentir vrai... Il est prétentieux sans doute de croire qu'on détient une quelconque vérité, mais je m'y risque. En tout cas, c'en est une, parmi d'autres. Pour le jeu et le plaisir de me montrer à vous sous un jour cru, comme l'on sort sous la pluie un soir d'été, que les habits gorgés d'eau et de boue vous collent à la peau.

Ne suis-je pas devenu une fiction à force de m'y baigner sans cesse ? Mais qui donc pourra me prouver qu'il est autre chose, qu'il est bel et bien lui-même, les deux pieds dans la réalité ?

Aujourd'hui, ne sont-ils pas tous devant des écrans innombrables, se réfugiant dans une vision fabriquée du monde ?

Voilà donc ce qu'Anne-Cécile Huprelle a provoqué avec ses questions. Ce livre innocent.

Je voudrais pouvoir dire tout et son contraire, ou plutôt tenter de décrire ce sentiment d'appartenir à tout et à rien.

J'aimerais vous livrer en toute liberté le fil de mes pensées. Cet état qui fait rechercher dans le tout et dans les petits riens ce que l'on pourrait être.

Je voudrais tenter de raconter comment je confonds l'être et l'acte. Comment se rejoignent comme les affluents d'un fleuve tumultueux la pensée, l'agir et les mots. Ce pays fantastique où l'être se dégage de sa lourdeur, quand il sort de l'opacité de la vie, tous ces signes, ces traces qui laissent échapper un peu de lumière. Ces musiques, ces pas de danse, ces mots dits.

Ou encore comment je mêle l'âme et le corps, ne plus savoir qui inspire l'autre dans la respiration des choses et de vouloir absolument se fondre dans le tout, prendre le parti du tout, de tous et de tant d'autres.

Toutes ces contradictions me construisent, m'importent et j'aimerais les partager ici. Non pour chercher à vous les imposer, juste pour amorcer un chemin de littérature ensemble.

Ne sommes-nous pas nous-même un carrefour aléatoire, fruit d'innombrables chemins ? Heureux ou malheureux. Heureux et malheureux ? Qui suis-je dans cette multitude ? Sinon cette multitude. Et aussi un rien dans cette multitude. Je pourrais même enlever le « un ».

Cette multitude que j'ai l'opportunité de visiter chaque jour un peu plus grâce à cet art incroyable que l'Église conspuait naguère.

L'art dramatique.

Parce que oui, mon métier consiste à me diluer en toute chose tel un caméléon, à incarner les multiples identités de chacun sans les juger. Je m'y projette chaque matin, délicieusement, avec voracité, fragilité et tant d'impatience. Comme un zèbre qui galope dans la savane brûlante, qui soulève vite chaque sabot avant qu'il ne fonde dans la fournaise.

Oui, peut-être trop, oui sans doute trop, trop d'impatience. À en perdre parfois haleine.

J'ai visité aujourd'hui encore le musée d'Orsay, revu Bonnard, Vuillard, Manet et les autres. Je suis tous ces tableaux, ces êtres désormais morts, allongés sous cette verrière monumentale, éternellement morts. Je deviens le temps lui-même dans cette admiration des œuvres dormant en flamme dans ce musée de pierres. Je deviens élastique comme le temps.

Me voici donc, je ne suis pas un mais plusieurs, je me plais dans les airs et dans les océans, je plonge, me plonge dans tout, en moi, en vous, oui même en vous, vous qui me lisez aujourd'hui et il me semble vous voir à travers le papier, et je plonge en nous, en toutes sortes d'humains, d'animaux ou de plantes et toi lecteur je voudrais te connaître et te reconnaître comme un humain, un animal ou une plante à part.

Que j'apprenne encore de toi, que tu apprennes de moi. Pour rien comme ça, juste pour voir. Que je ne cesse de te sentir tout près, si près comme devrait l'être tout homme. Que nous traversions ces feuillets pour aller l'un vers l'autre. Une utopie passagère…

Entrevois-moi dans tous mes paradoxes et reconnais que tu t'y reconnais un peu car il faut essayer de dire ce qui nous échappe. Oui essayer, essayer humblement… Il faut essayer de dire ce qui nous constitue et que nous connaissons si peu, ce que nous sommes, ce que nous ne sommes plus et ce que nous serons, sans oublier personne.

Lecteur, sois indulgent, sois bon si tu me vois mauvais.

Sois toi-même.

Après tout, tu seras comme tu voudras devant ce portrait éclaté d'un homme sans identité.

Un homme qui croyait qu'en mettant ses mensonges bout à bout il en sortirait une part de vérité, une vérité que tu reconnaîtras, je me répète, et qui me rendra ressemblant à tous les autres hommes.

Imparfait mais vivant.

Homme et femme, femme et homme, car là aussi je veux être partout.

Ainsi de la parole à l'écrit.

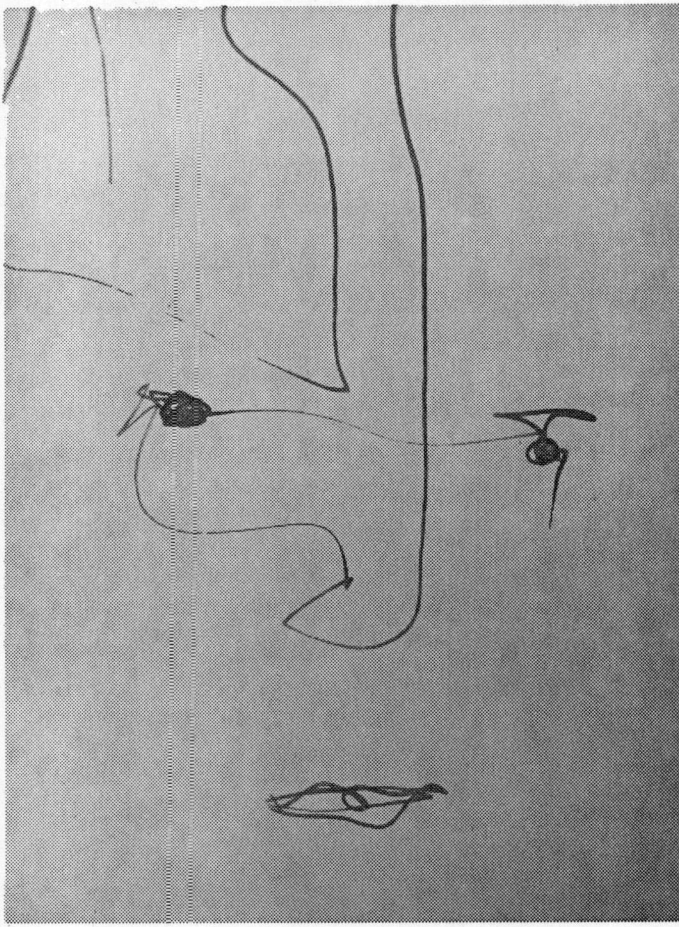

COMMENÇONS par l'éphémère.

Être acteur, c'est vivre dans l'éphémère. Tout dans mon métier révèle l'éphémère.

Oh ! ce sentiment… que tout commence et finit aussitôt.

Que de temps. Que d'espace. Et pourtant…

Jacques Higelin vient de mourir.

Toutes ces histoires.

Il y a une telle accélération, un tel tourbillon dans l'espace et le temps !

Je prends l'avion, je pars en voyage, en tournage ou pour un festival, je monte dans la machine qui prend les airs. À peine ai-je décollé, j'ai l'impression que je suis déjà de retour, je me vois, je le sais, je le sens, je suis déjà dans l'avion du retour.

L'éphémère…

Pour chaque pièce, chaque film, il y a tant de travail, de passion, de joies, de peines, de réussites ou d'échecs et puis tout s'arrête et disparaît dans les tréfonds de l'imagination.

La première fois que je suis saisi par ce terrible sentiment de disparition, c'est à l'issue de la dernière représentation du *Dibbouk*, fabuleuse pièce de Shalom Anski, joyau du répertoire yiddish que mon ami de toujours, Moshe Leiser, met en scène.

C'est la première pièce que je joue comme « professionnel ». J'ai vingt et un ans. C'est un travail énorme et fondateur.

Ce soir-là, vêtus comme des petits hassidim, nous jouons. Nous saluons devant un public ému. Je sors de scène et je vomis.

Tout ce que nous venons de créer, de vivre et d'inventer est fini, désormais déjà mort et je trouve cela physiquement insupportable. Cette équipe, cette histoire, ces personnages avec qui nous avons vécu aussi intensément des mois entiers.

C'est fini.

Je vomis, je m'étrangle de tristesse.

Je découvre l'éphémère, je pressens encore si jeune les terribles effets du temps.

Pourtant, c'est bien la grâce du théâtre que d'accepter ce tragique état des choses : disparaître sans laisser de trace, sinon quelques photos ou quelques souvenirs qui finiront en poussière d'étoiles…

C'EST à travers tous les rôles que j'incarne que je deviens ce que je suis.

Bien sûr j'ai un père, une mère et des ancêtres qui m'ont légué leurs histoires et fait de moi ce que je suis, un garçon entre le prolétariat de mes grands-parents et la bourgeoisie militaire paternelle, mais ce qui me construit depuis toujours, ce qui m'a définitivement sauvé de cet écartèlement, ce sont tous ces textes, ces sons, ces images qui me transpercent le corps.

Certains, en marge de leur travail, ont des vies bien remplies et souvent passionnantes. Je n'ai pas, moi, l'impression d'avoir une vie extravagante. Je travaille tout le temps…

Je me nourris de toutes ces histoires, avide comme un nourrisson qui dévore le sein de sa mère.

Je suis à l'école de théâtre, je vois des étudiants friands de ces moments après les cours où l'on prend plaisir à la « détente ». Mais je préfère être au cœur de la recherche, des cours et du travail.

Je veux respirer. Il y a urgence que je puisse m'y déployer, me comprendre moi-même et par là même appréhender les autres.

De maladresses en maladresses.

Boire des verres au café, bavarder ne m'a jamais vraiment inspiré. Je préfère passer d'un plateau de théâtre ou de cinéma directement à mon lit avec mon amoureuse plutôt que de m'attarder au bistrot avec les « copains ». Pardon pour la convivialité…

Bien sûr, j'ai quand même appris à prendre sur moi, le jeu de la société humaine est aussi fait de tous ces à-côtés si bavards.

Je passe, je traverse des vies innombrables et je ne crains pas la mort.

Il m'arrive même parfois de la souhaiter quand je me sens flétri, fatigué par la misère humaine, celle des autres et la mienne propre.

Le spectacle de l'espèce humaine éreintée de ses vices, de ses guerres et de ses destructions me plonge dans une angoisse profonde. Et pourtant ! ces gouffres sont pour moi, ils m'attirent depuis toujours, fermement…

Je suis un petit roi, renversé, mal assis, sur des montagnes de non sens.

Je suis maladroit, si maladroit en amour.

Bien entendu, il y a les évidences, ces moments infinis où l'on se sent vivre, aimer, croire et exister. Ces instants fulgurants qui défient le temps, ces joies sauvages dans tes bras.

J'aime tous les recoins de l'amour. J'aime sentir se déployer ma carne physique et ses insolences.

Je suis tout le contraire de l'amour de raison. Je suis un mariage de déraison. Je suis sans doute trop idéaliste et encore trop jeune pour accepter la raison et le confort en amour.

Je perds tout plutôt que de retenir ce qui ne fait plus que ressembler à de l'amour.

Je peux plonger dans des liaisons affolantes et j'ai pu aimer des êtres très différents par leurs milieux, leurs origines ou leur sexe.

Je n'ai jamais rien construit sur le matériel, en ce sens sans doute suis-je influencé par les grands textes qui s'emparent des courants aux liaisons dangereuses. Il n'est qu'à voir la situation matérielle où je me trouve à mon âge pour se rendre compte à quel point je n'ai pas l'esprit à capitaliser, ni au travail ni en amour.

La plupart des gens sont sûrement très doués pour des amours utiles qui les construisent socialement, de cela je suis incapable. Il m'est impensable d'aimer toute une vie la même personne. De multiples personnes, oui.

Aujourd'hui, je ne peux que constater que je ne l'ai pas vécu et que je ne le vivrai sans doute jamais.

L'amour unique.

L'amour et le quotidien sont pour moi des ennemis jurés.

J'ai été passionné par la révolution sociale et amoureuse des années soixante, si dénigrée depuis les années quatre-vingt-dix.

L'amour, j'ai besoin de le vivre en romantique. Le romantisme, le vrai, pas celui des chandelles et des nappes blanches ou des déclarations pathétiques qui se promettent l'impossible. Quoique se promettre l'impossible ait ses charmes !

La puissance de l'amour est sauvage. Elle est Carmen. Elle appelle et exige la liberté. Le profond, le céleste, le sacré et le sexe.

Et cette ambition utopique, le quotidien l'altère et cherche à la réduire avec la mollesse du non-dit, d'un lit mal fait.

Dans les histoires d'amour, il est suicidaire de se coucher dans le silence, les carcans de la convention et le conformisme prudent. Ce moment terrible où l'on ne sait plus où mettre son corps, quand le lit devient un cauchemar.

Je préfère une union cassée, un amour chaotique qu'une soumission à un schéma établi, qu'une pile de faux-semblants. Comme on fait son lit on se couche, disait Brecht.

Même si ces passions suivent une logique éphémère, je garde un amour immense pour les femmes et les hommes que j'ai aimés. Car rien ne vaut le tragique et son corollaire, la conscience de l'éphémère. Du trou béant qui nous attire et qui nous attend…

Je rentre du théâtre, il est minuit, je suis à bout de forces, j'ai joué deux fois aujourd'hui, c'est samedi. Nous avons une chance folle, la salle était comble comme à chaque représentation et le public fut encore une fois comme nous emporté par l'œuvre. Oui nous avons de la chance, ce n'est pas toujours le cas, il est des aventures qui ne trouvent pas leur succès.

Ce soir je suis heureux. Je rentre chez moi où tu m'attends. Quand je pousse la porte, tu es dans le salon, finissant la lecture d'un texte splendide, celui d'une grande dame, une putain magnifique : Grisélidis Réal. De ces textes qui affirment rageusement le désir, le désir de la femme, et démasquent la phallocratie. Tu te retournes, sentant ma présence.

J'enlève mon manteau, il y a du vin sur la table, j'en verse deux verres, tu bois le tien, rouge sang, tu m'embrasses doucement.

Nous avons ce matin crié l'un contre l'autre, je t'ai trouvée trop immature tu m'as trouvé cynique. Je l'étais c'est vrai et tu grandis encore. C'était notre façon de ne pas nous aimer ce matin-là.

Mais pour l'heure tu es là, tu es belle, tu es mon île, tu vas m'appartenir cette nuit, je serai tout à toi, abandonné, nous allons nous donner l'un à l'autre. Nous allons jouir et nous ouvrir encore.

Les verres se sont lentement vidés pendant cette délicieuse conversation où tu m'as parlé de tes doutes et de ton amie désormais, Grisélidis, la putain fantastique qui défia la société des hommes. Celle qui se bat, de mille façons, dans ce monde dominé par les mâles. Le masculin trop tendu, fermé, violent qui se croit supérieur. Oh oui ! quelle blague, quelle supercherie !

Tu as pris le temps de te démaquiller, tes habits maintenant glissent le long de ton corps. Le long de ce corps qui me fait frissonner chaque fois un peu plus, qui me rend à moi-même. Cet instant où ma respiration se fait plus profonde et où je retrouve cette fragilité qui remonte aux tout premiers baisers, ceux qui m'ont pénétré jusque dans les os.

Je suis dans le lit, déjà nu, tu t'y glisses, me regardes souriante, tu veux jouer, me donnes cet élan.

Oh ! ce regard qui n'a plus de limites tant l'amour qu'il exprime est infini. Je t'aime, rien à ce moment ne me semble plus éternel et c'est comme si tout ce qui va passer entre nos deux corps allait de soi. Plus aucune discussion possible.

Toutes les femmes ce soir, c'est toi.

Un feu, oui un feu s'empare de nous, de nos ventres, de nos lèvres, de nos sexes. Un appétit retrouvé pour ce fruit qui a tant de mal à s'accepter parfois, le goût du sexe, de ton sexe, de tes seins et de ta peau fine et blanche. Ma main sur ta fente chaude et humide, gonflée du désir femelle. Mon bas-ventre de mâle dur et tendu vers toi.

Ton sourire est grand, il est la promesse d'une étreinte. Le monde peut aller se faire foutre et la mort nous suivre. La vie est là insolente, dolente, sanguinolente.

Nos corps, désormais si serrés, s'ouvrent, se délivrent et échangent leurs pulsions. C'est un autre monde qui naît quand rien n'a plus d'importance que l'instant et le flux du sang. Et la salive chaude qui sort de toutes les lèvres dont nos corps disposent.

Oh cette joie ! Cette fureur quand nous savons souplement glisser, pénétrer l'un dans l'autre. C'est donc ça que nous recherchons tous. Ces désirs et embrasements des peaux, ah ! qu'il est dur de les perdre…

Le vin est maintenant tout à fait dilué dans nos veines, je suis en toi doucement et c'est comme si l'océan remplissait la chambre, tu es belle tu viens sur moi, ton désir est la chose la plus précieuse, tu me domines, je suis ton maître. Nos faims se lèchent, nos langues se mélangent et se jouent de tout. De ce grand tout encore où je me perds. Ce manque infini.

Mais là, cher lecteur, je suis pris en flagrant délit de mensonge ou de rêve, je mens, cela m'arrive, je t'avais prévenu. Ce soir, Pauline n'est pas venue, elle est restée dormir chez elle.

Cependant, cette solitude ne m'a pas été un poids cette nuit, mais au contraire un signe d'amour et de liberté. Dors bien dans ton appartement rue de la Grange-aux-Belles, ma belle amoureuse, ce n'est que parties remises…

Ainsi dans cette nuit silencieuse j'ai pu écrire, écrire l'amour que je n'ai pas eu ce soir-là.

JE suis à l'hôpital Cochin, service maternité, dans une salle de travail, j'ai trente-deux ans. Tous mes muscles se tendent, j'ai mal partout, au corps, aux jambes, aux fesses.

Sophie, la femme que j'ai épousée en 1988, accouche d'Émile. Elle souffre, elle hurle, et c'est comme si la douleur me traverse et ça m'est insupportable. Pourtant, la souffrance est féconde, je le sens.

De la merde, du sang des larmes…

Poussez. Poussez. Respirez…

Et puis la bête sort, la tête en avant, dégoulinante et gluante. Il est là, lui qui n'existait pas il y a quelques mois, sorti du néant. Provisoirement…

Avec le temps, il mesurera l'étendue du parcours, les joies, les souffrances.

Aujourd'hui, le temps a passé, tu as vingt-sept ans. Tu es dans ta vie, tu as pris ton autonomie.

La sage-femme t'extirpe de ce ventre doucement, elle te présente à la lumière, elle coupe le cordon. Elle te donne à moi.

Je te porte, je ne peux sortir un son, je suis muet, saisi d'admiration pour ce petit être qui semble si coriace et qui se tient à présent tout entier sur mon bras, les yeux écarquillés, on pourrait croire qu'il voit quand il ne fait que chercher la lumière, les ombres qu'il ne distingue pas encore.

Tu cherches la clarté déjà dans ce monde aux reflets énigmatiques. Tu es la force même. Je t'ai vu te battre pour sortir au jour et je sais ta mère singulièrement courageuse d'avoir été traversée par cet éclair de grande douleur et de joie.

Je me souviens que je ne voulais pas oublier ce moment. Je ne le pourrai pas, jamais.

Cette énergie, cette respiration fondamentale, voilà ce que peut être l'art dramatique, ce qu'il me fait vivre parfois quand cette sensation ressurgit.

Ne jamais oublier ce bébé plein de vie et curieux de tout, ne nommant pas encore le vertical et l'horizontal.

Oserai-je le dire : un acteur doit pouvoir retrouver la candeur et la soif de vivre du bébé qu'il n'a jamais cessé d'être.

Défier la pesanteur.

Il doit étreindre sa jeunesse malgré les cicatrices.

Au moment même où j'écris, il y a un peu plus loin dans le monde un esturgeon, un cachalot, un crabe, une mouche et tant d'autres êtres vivants qui vivent, se déplacent dans le même espace et le même temps que moi et pourtant si loin, si étrangers, si invisibles, si indifférents eux-mêmes à ce que je suis et moi à ce qu'ils sont.

Comme s'ils n'existaient pas. Comme si nous n'existions pas.

Pourtant, ne sommes-nous pas reliés, infiniment reliés par le mystère de la vie ?

On peut parler de tant de sujets quand on se met à écrire, quand on se pique d'écrire… Mais lequel choisir ? Ils contiennent tous la possibilité d'une île, dirait un certain M.H. On voudrait, quand on s'y met, quand on trouve la force de s'y mettre, pouvoir tout dire, dire tout. Quelle ambition folle.

Le choix ! Choisir entre le diable et le bon Dieu, l'acteur doit-il choisir ? Non certainement non, car il peut être le diable et le bon Dieu. Ah oui ! il faudrait choisir…

Ce que le personnage d'Yvan dans la pièce *Art* de Yasmina Reza ne peut se résoudre à faire : Choisir ! Darroussin, cet acteur merveilleux de sagesse, l'incarne avec une subtilité infinie.

Voilà bien la chance des acteurs que de n'avoir pas à choisir mais d'être choisi.

Et voilà aussi leur douleur. Attendre. Attendre d'être choisi. Combien de ces intermittents qui se retrouvent seuls devant leur messagerie. Je ne m'y suis jamais résolu.

Il me faut prendre la parole et agir en mon nom au risque parfois d'être incompris.

Peut-être comme maintenant quand, à ce moment précis, tu lis ce que j'écris.

Mais la joie de l'interprète qui n'a pris, quand il est chanceux, que le choix de choisir celui qui l'a choisi !

J'ai toujours aimé les héros de roman pour cette propension à ne pas décider, à laisser l'auteur décider à leur place : voir sa vie se dérouler devant soi, et même la subir. La sensation de vivre pleinement, parce qu'on ne l'a pas choisi, son destin forcément tragique et ridicule.

J'ai toujours eu cette sensation de ne pas exister, de vivre une sorte de rêve éveillé.

« Je suis arrivé, à force de ma volonté, où je ne voulais pas. » Il paraît que cette phrase est de saint Augustin, en tout cas c'est elle que je me répète et que je répète à qui veut l'entendre…

Ces quelques mots me paraissent contenir toute l'absurdité du monde et certainement celle de ma propre nature. Je suis si volontaire au fond, souvent, c'est comique.

NATIONAL DE TOURS

Le ridicule. Tentons d'en approcher le sens dans ces lignes.

Ce mot savoureux fut le titre d'un de mes premiers films, un film miraculeux de Patrice Leconte, juste ce mot : *Ridicule*.

Il a tous les charmes, y compris celui de l'échec. Accepter le sien propre est une condition nécessaire pour jouer la comédie. Il ne faut surtout pas le craindre, au risque de ne pas se voir tel que l'on est, un amas de cellules en ébullition créé pour perdre.

En faisant cet apprentissage, j'ai pu me trouver tel que je suis, un être pétri de contradictions, de doutes et de manques.

Le doute et son acceptation amènent une certaine libération.

Quand il en est imprégné, l'acteur peut ne plus avoir peur de sa médiocrité. Et c'est ainsi qu'il grandit, qu'il devient plus souple pour pénétrer au plus profond ses rôles.

Ne cherche pas toujours à gagner au risque de n'être plus qu'un produit trop comestible.

LACHAISE

Il est tard.

J'écris et je suis fatigué.

J'écris souvent quand il est tard.

La représentation d'*Art*, au Théâtre Antoine, fut un bonheur et un grand plaisir partagé avec mes magnifiques camarades Fromager et Darroussin. Pendant deux heures, je me suis dupliqué dans les sentiments de Marc, cet ami intransigeant qui provoque une partie du drame et rend le public fou de rires, d'horreur et de joies. Qui aime détester. Quel tourbillon !

Cependant, à cet instant, je suis éreinté.

Je vais me coucher, attendre mon amoureuse, l'embrasser, la regarder se déshabiller, fine et blanche. Elle me dira des mots doux et nous nous enlacerons… et pour le reste, relire le chapitre sur l'amour.

Il est des soirs, des nuits si sombres qu'il vous semble que la magie, la beauté des choses et des êtres n'existent plus. On ne voit plus rien, on est submergé, atteint, diminué par la petitesse de tout et de tous.

La pollution des villes a pris le dessus pour s'infiltrer dans nos poumons, notre peau et tout notre corps, le mouvement de la vie qui me paraissait hier encore si beau et si attirant n'est plus maintenant que saleté et angoisse.

Vanité, oh cette vanité ! Toute cette énergie déployée, partagée au théâtre dans la représentation de ce soir, ne sera plus demain que cendres puantes comme un bol plein de mégots froids, le matin à côté du lit.

C'est une nuit silencieuse et sans lumière. L'éclairage électrique, autre marque de la vanité humaine, n'arrive pas à percer l'opacité de la nuit.

Je suis triste et le mal au ventre a pris le dessus. Mon corps, ce corps dont Beckett parle si bien, lui qui a sensiblement décrit tous ces maux qui le traversent, mon corps est ce soir percé de partout, il est au vent mauvais. Tous mes excès remontent à la surface dans une crue nauséabonde.

Ce soir, les rats de Paris sont mes cousins, je me sens parmi eux dans les égouts. Je suis si près de toute chose et de tout animal abandonné, méprisé, seul avec sa patience de vivre.

Je suis rentré en métro, j'ai parcouru ces couloirs tristes peuplés de femmes et d'hommes ballottés dans leurs solitudes. La bruine fine et glauque de la ville a fini de me perforer la cervelle.

Je pense à cette photo de l'île de Ré qui représente mon père et ma tante Fanchon, que m'a remise un cousin ce soir dans ma loge. J'y vois mon père si jeune, il avait peut-être vingt-cinq ans, et je sais qu'il n'est plus, que le temps l'a mangé. Je sais que je ne vais pas lui échapper, moi non plus, au temps. Lui si fin, si beau avec son sourire franc, est mort à présent. Sa jeunesse partie loin…

Loin l'amour, ce soir.

Manque d'amour, ce soir.

Quelle déprime s'empare de moi qui n'ai personne depuis plusieurs semaines ! Personne à aimer, le corps d'une femme, que je ne peux m'abandonner aux délices des caresses d'un être aimant.

Oh ! cette sensation de ne pas vivre, de croupir, d'attendre, de désespérer ces soirs-là.

Nous sommes assis chacun sur l'un des canapés du salon. Sur la vieille chaîne hi-fi passe Rachmaninov, les notes de piano s'égrènent une à une, sublimes, essentielles, propres à ressusciter une momie. Quelle douceur, quelle consolation…

L'ont-ils cru, le croyait-il que ça pouvait durer ? Les amoureux ?

Quel chaos en vérité, un chaos magnifique bien vivant mais tout de même, quel chaos sur ce canapé !

Et mon corps qui se détruit patiemment, mélange à l'intérieur de tous ces organes qui se dérèglent sous la pression de l'extérieur, dans les fumées de cette ville insensée qui accélère sans cesse son énergie dévorante où chacun pousse un peu dans sa direction pour exister.

Les particules fines se sont immiscées jusque dans nos os et transforment définitivement notre métabolisme.

Il y a quelque chose de pourri au royaume du Danemark.

Ça, je le joue aussi. Pourquoi est-ce que je le vis avec cette frénésie suffocante, ce rôle de Hamlet ?

C'est en 2003, nous répétons avec Moshe, Patrice, Jean-Louis, Christiane, Roland, Marc et les autres dans une chaleur caniculaire, au théâtre de Nanterre-Amandiers.

C'est un été très chaud, l'un des plus chauds depuis longtemps. Les résistances électriques sous la terre trop sèche font sauter les compteurs du bâtiment.

Les répétitions s'enchaînent, toutes plus brûlantes les unes que les autres et mon Hamlet court, court, fuit sa malédiction dans une danse toujours plus frénétique.

Je suis possédé.

Voilà bien une partition qui plonge dans le doute le plus profond, au corps à corps avec le monde.

Mon corps et ma volonté sont sans cesse mis à l'épreuve par les mots de Shakespeare, le père fantôme, les tromperies, les trahisons, la mère vendue et l'amoureuse impossible.

Il faut courir dans ce décor démoli de Christian Fenouillat, dans ce Nanterre transpirant les vapeurs grises de la banlieue parisienne. Il n'y a plus qu'à courir, ce que je fais, ce que je fais encore.

Puis nous partons pour le Québec, où la première a lieu dans un froid relatif mais devant des salles pleines de fièvre. Le public ressent lui aussi ces flux contradictoires. Ils les reconnaît comme les siens propres. Le théâtre prend alors toute sa valeur, il est une lumière crue et éphémère.

Ah ces moments ! ces jours quand on n'est plus que dans la fiction, que le rôle prend toute la place, qu'il ne laisse plus rien aux loisirs, à la vacuité de vivre.

Qui suis-je ?

Suis-je fou pour autant ?

Qu'y a-t-il dehors ? me dis-je, hormis quelques passants dans les rues de Montréal et la tête du chauffeur du taxi qui me ramène du théâtre à cet appartement loué pour le mois d'octobre au Canada ?

Et aussi, cependant, Oranne, mon amoureuse, celle que j'aime alors, le lit et nos ébats merveilleux.

Hamlet n'est plus, ce temps, ce battement-là n'est plus. Ces moments avec cette belle femme que j'aimais à cette époque ont disparu. Le croyais-je, qu'il pourrait être éternel, l'ai-je cru ? Que l'amour durerait toujours ?

Chaque rôle est un ami qui part.

Quand je tiens et que je contemple le crâne de Yorick, c'est bien moi que je vois. Ma tête de mort que je porte. Chaque personnage avec qui je suis, avec qui je joue m'enfonce un peu plus en moi-même sans que je puisse m'atteindre jamais, ou seulement un morceau, un morceau de ce que je crois être ce moi qui se tient en vie. Chaque facette qui m'apparaît me disperse un peu plus pour ne former que ce tout incohérent.

Pourtant, que d'instants précieux où je crois me saisir, me sentir un et un seul, uni, évident. Chaque fois je plonge, je me baigne dans ce chaos ardent, je tente d'y trouver la paix.

Mais l'unification ne fait qu'attendre sa destruction éclatée.

Je ne peux pas tenir plus d'une demi-heure dans les rayons de n'importe quel magasin, mon regard passe d'un objet à l'autre, d'un pauvre désir consumériste à un autre pour me donner le vertige, la nausée, pour retourner mon cerveau. Jusqu'à ce que je sorte, que je m'échappe, écœuré par tous les possibles.

Pourtant cette curiosité insatiable peut trouver son bonheur par le biais d'un grand dramaturge, le lit d'un rôle, d'une fiction choisie, d'un sillon qui m'emporte vers ce tout qui semble pour un temps un peu plus défini.

Ainsi cette trame me resserre.

Je suis.

À ce moment je le suis, cet homme fort et fragile, honteux et fier d'exister.

Ce qui me fait courir, c'est que chaque fois je me dis que demain je serai bon, je serai intouchable, crédible, un, indiscutable.

Je n'ai pas choisi d'être acteur. Bien sûr que j'étais perdu pour les études, assis sur les bancs de l'école. J'étais déjà dans tout et dans rien, je voulais être partout à la fois et dans tous les bras qui se tendaient.

Je me dédouble, je me décuple.

Je suis à Porquerolles, j'ai quinze ans, je marche la nuit sur ces chemins odorants bordés d'eucalyptus qui dégagent un charme enivrant. La lune est pleine et sa lumière donne aux ombres une présence inquiétante. Tout semble bouger dans cette forêt, être saisi de mauvaises intentions.

J'ai peur. Pourtant la mer n'est pas loin et le bateau que je voudrais rejoindre, où m'attendent mes amis, flotte tranquille, solidement amarré à la chaîne et à l'ancre. Mais au fur et à mesure que je dévale le chemin tortueux qui conduit à la baie de l'Alycastre, les formes nocturnes se font toujours plus effrayantes. Je me sens une proie à la merci du premier monstre venu.

Mes jambes accélèrent le pas, j'ai l'impression d'être suivi, je suis une proie, une proie facile à ce moment. J'ai peur. J'entends une branche craquer et je sens une haleine puissante derrière moi. Je me retourne et seul le vent dans les branches obscures me regarde. J'ai vu un loup-garou se précipiter sur moi.

J'ai quinze ans, je suis cet adolescent incertain et angoissé entre une mère bouillonnante et un père qui va, au fil des années, être sidéré par cette force agressive et tourmentée de la nature.

Mais pour l'heure je suis en proie à ma propre terreur sur ce chemin nocturne de cette île magnifique qui finira par devenir un autre moi-même…

Oui, tu as bien lu ! Oui je peux, oui je veux aussi être une île. Est-ce que ça pourrait se jouer aussi, une île ? Certainement !

Mais cette nuit-là, c'est de moi que le destin se rit… Je me suis retourné très vite. Encore.

Rien, toujours rien que les feuilles sombres qui bougent sous l'effet de la brise. Quelques craquements, j'ai peur, mon imagination s'emballe. La lune est pleine et, frissonnant, je reprends ma marche hésitante vers la plage.

Puis mû par un impératif étrange, je plante mes yeux dans la lumière diaphane et ronde qui semble m'appeler dans le ciel noir. Je pense au loup-garou, sa figure soufflante aux crocs acérés est là, précise et toute proche. Je sens son haleine vorace, effrayante. Je ne l'ai pas en face de moi. Ni derrière. Elle est partout et nulle part.

Attiré par le halo de la lune, mon pas se fait plus sûr, plus ferme. Un sentiment profond d'exister.

Mon regard se pose à présent sur les buissons alentour. Ça y est, je sais ! J'en suis sûr, je suis ce loup-garou que la pleine lune suppose et provoque.

Maintenant, je cherche ma proie, les rôles s'inversent. Je n'ai plus peur, c'est moi qui fait peur désormais, à l'affût du moindre bruit, prêt à bondir assoiffé de sang sur tout être qui aurait l'imprudence de se présenter à moi. Ma force est décuplée, je jouis de la nuit comme si je l'épousais.

Je pénètre le noir. Je suis invincible, je marche ouvert à toute rencontre, l'air est doux. Je sens l'été sur ma peau, oserai-je dire mes poils ?

Le vent se fait plus chaud, la plage approche. Je commence à sentir du sable sous mes pieds comme quand j'ai huit ans et que je cours sur le sable noir et brûlant de Tahiti avant de plonger dans le lagon aux somptueuses couleurs de la Polynésie.

Souvent, le monde est bien trop vaste, il m'échappe, il me laisse sur le bas-côté, mais là subitement il est préhensible, à ma portée, comme fait pour moi, évident, m'enveloppant d'une sensation de bien-être, familière et puissante.

Je suis ce loup-garou qui ne craint plus rien, surtout pas son ombre. La peur s'est transformée en rayonnement. L'hésitation n'est plus que force et précision.

Je marche sur la plage, j'ôte mes habits, je les glisse dans un sac plastique et je me jette à l'eau, mes mouvements de nage font jaillir les éclats de lumière du plancton qui livre ses mille étoiles dans l'eau noire et salée.

J'approche du bateau, doucement bercé par le ressac, mes amis sont là, je les retrouve. La mer m'a débarrassé des poils de mon loup. Je suis à nouveau ce garçon de quinze ans aux cheveux blonds et frisés.

Je me glisse tendre et fébrile dans les bras de Maloo, à la peau si douce, à la crinière noire et bouclée. Je passe la nuit dans le désir maladroit et fougueux de ce premier amour.

La mer Méditerranée ne me quittera jamais.

Je suis la mer Méditerranée. Et quand je serai mort, je le serai encore mais je n'en aurai plus la moindre conscience. Le serai devenu. La mer. D'un bleu profond. Je serai bleu de mer. Voilà ce que je serai bientôt car le temps est comme la lumière, élastique.

Voilà pourquoi j'aime tant codiriger avec Pascale ces deux théâtres[1], pour me sentir faire du théâtre tout près de ces plages et de ces quais, parfois étincelants sous la lumière forte du Midi, parfois glissants à cause des embruns du vent ou de la pluie maussade venue de l'est.

Marier la mer et l'art dramatique, voilà qui prend du temps…

Je suis ce petit garçon à moitié nu qui court sur la plage de sable gris.

---

1. À Toulon, Charles Berling a cofondé Le Liberté avec son frère Philippe et Pascale Boeglin-Rodier. Depuis 2016, Pascale et Charles codirigent ce théâtre, ainsi que Châteauvallon depuis 2018, deux scènes nationales.

Ce garçon que j'étais, où s'est-il donc enfoui en moi, dans quelles molécules ?

Ne suis-je pas encore ce jeune garçon qui monte la garde avec son épée de bois solidement amarrée à la hanche ?

Ne suis-je pas sur la branche du manguier devant la maison des parents, jouant au milieu de ses feuilles et de ses fruits ?

Où suis-je maintenant ?

Le temps m'a arraché à moi-même et pourtant il semble bien qu'il vive encore en moi, ce garçon, que je monte toujours la garde de cette façon risible et ridicule, pour rien, pour ne garder que l'âpreté de l'écorce sous mes petits pieds nus posés sur l'arbre.

DANS le froid de la nuit parisienne, je rentre, j'ai joué, rejoué encore une fois le même drame hilarant.

La répétition quasi à l'identique de ce qui est semblable, dans laquelle je m'engouffre avec l'énergie du désespoir, me fait renaître à chaque fois, comme on redécouvre un rivage connu et pourtant inconnu.

Je prends le métro à cette heure où les hommes se cherchent avant de plonger dans leur nuit, avant d'espérer un sursaut de vie, seul ou à plusieurs.

Je regarde ces visages, tous familiers et je suis l'un d'eux et je suis comme eux ballotté par la rame violente conduite par une âme pressée de retourner dans sa niche, son enfermement et qui manie le fer des wagons sans ménagement.

J'aime ça, ce soir, me sentir chauffé par le monde des humains.

Je suis tous ces corps noirs, blancs, bruns, jaunes, grands, petits, féminins, masculins. Il n'y a plus de cigarettes à la bouche comme il y en avait autrefois dans le métro, quelques bouteilles d'alcool encore ou dans le sang, ça se voit chez certains passants, l'alcool dans le sang.

Une volonté de tricher, de se croire unique dans ce tout uniforme. Et toujours cette insouciance face au destin tragique qui nous attend.

Les paroles fusent et ne s'arrêtent pas, la masse humaine est frénétique, le train fend l'obscurité des tunnels, comme moi il glisse en perforant le temps dans une respiration excitée. Je prends la sortie et baisse la tête en montant l'escalier qui m'amène à l'air libre.

Le Flore est allumé, bien que les clients soient pour la plupart partis se coucher, la rue est glacée, noir est le ciel de Paris. Je suis un rat parmi les autres et je rentre moi aussi me coucher.

Demain j'irai me faire couper les cheveux par la belle Isabelle et pour satisfaire Anne, une amie réalisatrice, je lui demanderai de me teindre les tempes pour couvrir le blanc de mes cheveux bordant les oreilles. En sortirai-je rajeuni ? Je ne crois pas.

Ce soir j'ai bu, je suis sous l'emprise de l'alcool au point que tout se met à tourner autour de moi, que le monde semble si vain, si dérisoire. Il y a dans mes veines comme du sucre, un sentiment puissant de défi à tout. Et je comprends que le corps, aussi petit soit-il, peut défier grâce à cet artifice les autres, l'infini du temps et de l'univers.

C'est un peu ce qui se vit quand on est sur scène, que les petits maux misérables qui assaillent à longueur de vie le physique s'évanouissent d'un coup, par on ne sait quel enchantement, pour vous plonger dans une incandescence fantastique où le surnaturel prend le pouvoir sur toutes les nécroses.

J'ai vu des vieux, alors qu'ils étaient cernés par la mort, leur corps épuisé tout à fait par l'âge, se métamorphoser et, parce qu'on leur donnait tout à coup une attention et un texte à lire, retrouver une énergie et une envie phénoménale. Tout en eux se réveille, l'envie et le corps et la voix si fragile reprennent leur belle assurance presque comme aux premiers jours maladroits de l'enfance.

Quelle est cette puissance, cet élan que l'espace de la représentation redonne à mon être parfois si las ? Après quoi court un acteur, quelle est sa drogue ?

C'est parce que j'ai bu ce soir que je comprends tout cela. Cette transe qui rassemble et chauffe tout ce qui est encore en vie en moi. Alors oui, je sais que rien ne vaut autant que ce sentiment.

J'habite désormais aussi à Paris, rue du Dragon.

Trente ans plus tôt, c'est là que je prends avec mon ami Moshe un acide hallucinogène en buvard.

À l'époque, j'ai une vieille grosse Ford noire aux sièges rouges. Nous nous garons en face de l'église Saint-Germain-des-Prés et, après avoir avalé le petit buvard, nous entrons au cinéma L'Arlequin pour y voir *Les Aventuriers de l'Arche perdue* de Steven Spielberg.

En sortant, le produit chimique ayant fait son effet, nous nous tenons par la main comme deux pauvres garçons apeurés au milieu de la foule. Les sièges de la voiture, le tableau de bord, tout change de couleur, les formes de la rue et des immeubles ne sont plus stables, comme si toute réalité perdait son sens. Tout est remis en question puisque rien n'est plus perçu durablement.

Je repense à Einstein et à sa théorie de la relativité. Je repense au bateau et à la mer qui le porte, elle qui change sans cesse de point de vue.

Le monde autour de moi est une fiction qui se recrée toujours, ma subjectivité ne s'embarrasse plus d'aucune norme, elle divague sans frein. Où est la réalité ? Où est la fiction ? Quand la fiction et quand la réalité ?

La fiction qui s'empare de l'acteur est comme cette drogue puissante et dérisoire, pourtant à même de supplanter tout principe de réalité et, en même temps, de la mieux saisir, de mieux s'y attaquer.

Quand je joue Hamlet, il m'arrive de m'ouvrir la jambe sur scène jusqu'à ce qu'elle saigne franchement et de ne m'en rendre compte que bien plus tard, parce que quelqu'un, à côté de moi dans les coulisses, me le montre.

Non, plus rien ne compte dans la fiction que la fiction elle-même.

Comme je comprends Molière, mort en jouant sur scène *Le Malade imaginaire* ! La mort était là mais il la bafouait, il la reléguait au rang d'un événement insignifiant, il la devançait, la mettait en scène. Est-ce le rire de l'homme qui supplante toute chose ?

C'est ce rire, ce dérisoire que je recherche et que je trouve ce soir dans l'alcool, dans la drogue. Après l'avoir eu sur scène.

Oui, à ce moment-là, je suis au-dessus de tout.

Oui, ce temps est à moi. Je suis moi parce que je suis un autre.

Parce que je joue, je puis être moi-même.

Je peux mourir, je peux renaître, rien n'est définitif, rien n'est réel et tout devient possible.

La vanité est si apparente que l'humilité s'impose.

Tous ces mots, ces mots qui sortent de moi chaque jour, qui frappent quand ils peuvent sur une scène, qui se marmonnent, se susurrent ou s'écrivent. Ces mots qui me projettent dans l'air et qui deviennent des formes éclatées en mille sens.

Ou dans l'amour maladroit, quand ils ne savent plus dire, que la peur domine et brouille la pensée.

PEUT-ON écrire la joie, le bonheur d'être en vie ? Peut-on le décrire, l'écrire ou bien le goûter et le laisser tel qu'il est ?

Le saisir, non ! Mais y goûter, ça oui. Même et surtout en dehors des mots, de toute volonté de retenir.

La joie d'être partout et nulle part. La joie d'être un animal, de ne rien en dire, d'être posé là, la joie de t'oublier.

Quelle chance j'ai de pouvoir écrire, choisir, créer, trouver les moyens pour le faire. Je pense à un spectacle, un chemin avec une équipe, d'autres acteurs et je sais que je peux trouver les moyens de le produire, de le réaliser, de m'y engouffrer. Tout le monde n'a pas cette chance, j'en suis conscient. Mais ce soir…

Sentir la fatigue s'installer après une journée trop remplie. Entendre ses oreilles siffler, se laisser envahir.

La représentation fut bonne, j'ai suivi les recommandations de Pauline et mon rôle s'est dessiné ce soir avec des contours plus francs, je me suis réapproprié la pièce comme cela arrive périodiquement, pendant les mois où nous jouons. Quelque chose de moi, en moi s'est donné, a coulé, une rivière de sentiments, un corps animé, habité, possédé.

La vie me semble aimable ce soir, des montagnes de poussière ont été soulevées.

Je regarde mes doigts taper sur ce clavier et ma peau est striée de petites rides, on dirait la peau d'un éléphant. Je vois le temps qui a passé sur ces mains agitées et je n'en souffre pas.

Je suis calme, la tornade est passée.

Je suis Ulysse couvert du sang des prétendants, à Nanterre encore avec Jean-Louis et Ronit en Pénélope, et Virginie est dans la salle, je ne sais pas si elle aime ce qu'elle voit mais je sais qu'elle peut s'en détacher. J'aime tant sa façon d'être sans y être.

J'ai pensé à la Chine ce matin, à cette multitude effrayante, à cette frénésie, à l'expansion monstrueuse de ces villes prospères.

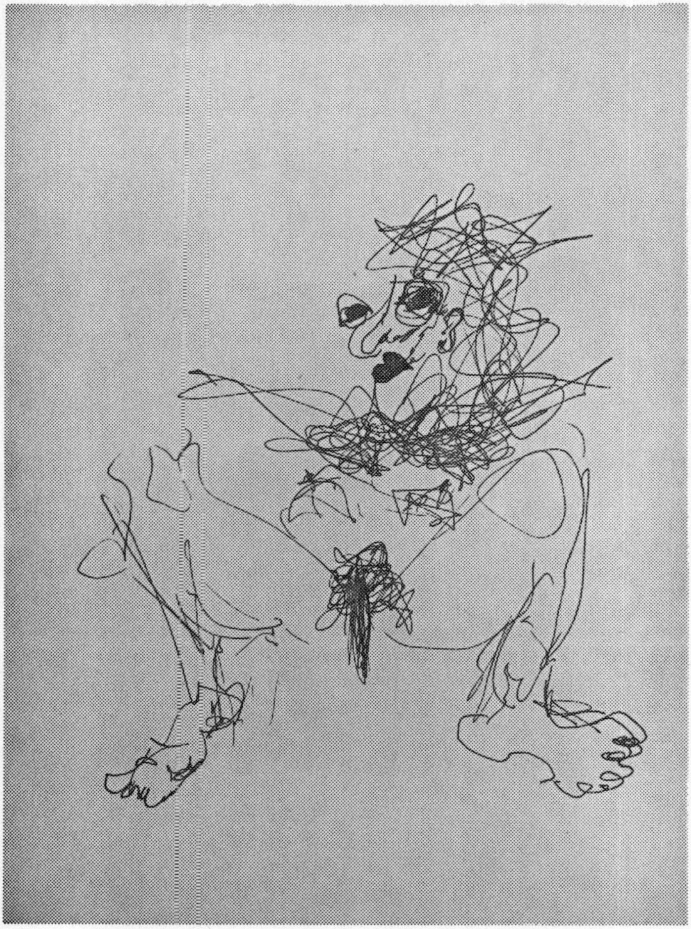

SE perdre.

Se perdre dans un sexe de femme, ne vouloir en sortir que par la petite mort.

Se perdre parce qu'il le désire, parce que les lèvres se font gloutonnes, aimantes, irrésistibles.

Le professeur Desgrandschamps, puisque c'est ainsi qu'il s'appelle, me montre les intestins, l'urètre, la vessie d'un homme allongé devant nous sur la table d'opération, le ventre ouvert, offert comme en sacrifice, et je suis cet homme, je sais que je suis ni plus ni moins que cet homme.

Éventrez-moi, scrutez-moi, découpez-moi, je m'offre à vous, je ne suis plus qu'un morceau de chair entre vos mains. Que m'importe ce que vous pouvez penser de moi, je suis béant devant vous et je respire à travers un tube.

L'anesthésiste veille sur ses écrans. Emmanuel Hamon, le réalisateur, son assistant et d'autres acteurs sont là, nous sommes pour l'occasion habillés de vert, ces tenues stérilisées du bloc opératoire de l'hôpital Saint-Louis où le Pr Desgrandschamps, fameux chirurgien urologue, va procéder à une ablation de la prostate. Nous nous tenons debout à ses côtés, venus observer le rituel chirurgical pour préparer le film d'Emmanuel, qui compte une scène de ce genre.

J'observe ces chairs à la couleur des vins de bordeaux, béantes devant moi. J'éprouve une sorte de révélation devant la simplicité et la transparence de cette matière. Je suis ainsi fait moi aussi de tous ces tissus, simples et rouges.

C'est comme si tout à coup, me sentant moi-même ouvert aux yeux de tous comme ce corps allongé devant nous, je me sentais plus libre, comprenant enfin la simplicité de l'existence. Comme si ce qui d'ordinaire était si compliqué devenait simple et acceptable.

Les gestes précis et habituels du médecin, alors qu'il nous explique son activité, contrastent avec la grandeur sacrée que j'ai sous les yeux. Un homme, sans le savoir, se donne à nous dans la plus grande des transparences, et me viennent à l'esprit ces peintures de Rembrandt qui représentent un bœuf sanguinolent pendu à des crochets.

L'homme dort devant nous mais il ne peut, soumis à la puissance chimique de l'anesthésie, se réveiller. Il est comme mort, à notre merci. Je suis moi aussi à présent cet objet inerte en salle d'opération dont tout le monde peut disposer.

Je penche la tête et je vois les doigts du Pr Desgrandschamps découper des veines gorgées de sang que son assistant, le panseur, surveille pour les juguler à tout moment.

Le sexe mâle est beau et au repos, lui aussi dort d'un sommeil étrange. Je l'imagine en pleine érection, s'enfouissant heureux dans le vagin d'une femme, je vois la peau douce qui entoure la verge, qui elle aussi a dû être mille fois caressée et puis ce trou, cette fente découpée en plein abdomen, large, offerte.

Quelques phrases du *Dormeur du val* de Rimbaud se promènent dans ma tête. L'homme de cinquante-trois ans allongé là, on ne peut dire s'il est mort ou vivant. Comme dans le poème, à cet instant il est gris, il est à ce moment quand la vie ne sait pas quelle direction prendre.

Lorsque je joue sur un plateau, j'ai parfois cette nette impression d'être entre la vie et la mort. C'est pour cette raison que j'évoquais Molière ou que je pense à nouveau au *Dibbouk*.

L'espace de la représentation est un purgatoire où spectateurs et acteurs, portés par l'œuvre, hésitent entre le paradis et l'enfer, la mort et la vie. Rien de moral à cela.

Dans ce bloc, le tragique, le sublime est pris dans la routine du cercle médical. Je ne tombe pas évanoui sous le choc, non, au contraire je suis au cœur du cœur de mes tissus, tout éveillé. Oui, les tissus se répondent entre eux. Ceux de l'homme écorché et les miens.

Les protagonistes portent un misérable masque blanc sous les yeux. Les bouches invisibles parlent beaucoup et fort puisque le principal intéressé, comme mort, ne peut nous entendre.

L'acteur devrait toujours chercher à atteindre cette fragile nudité.

Sacrifié entre deux mondes.

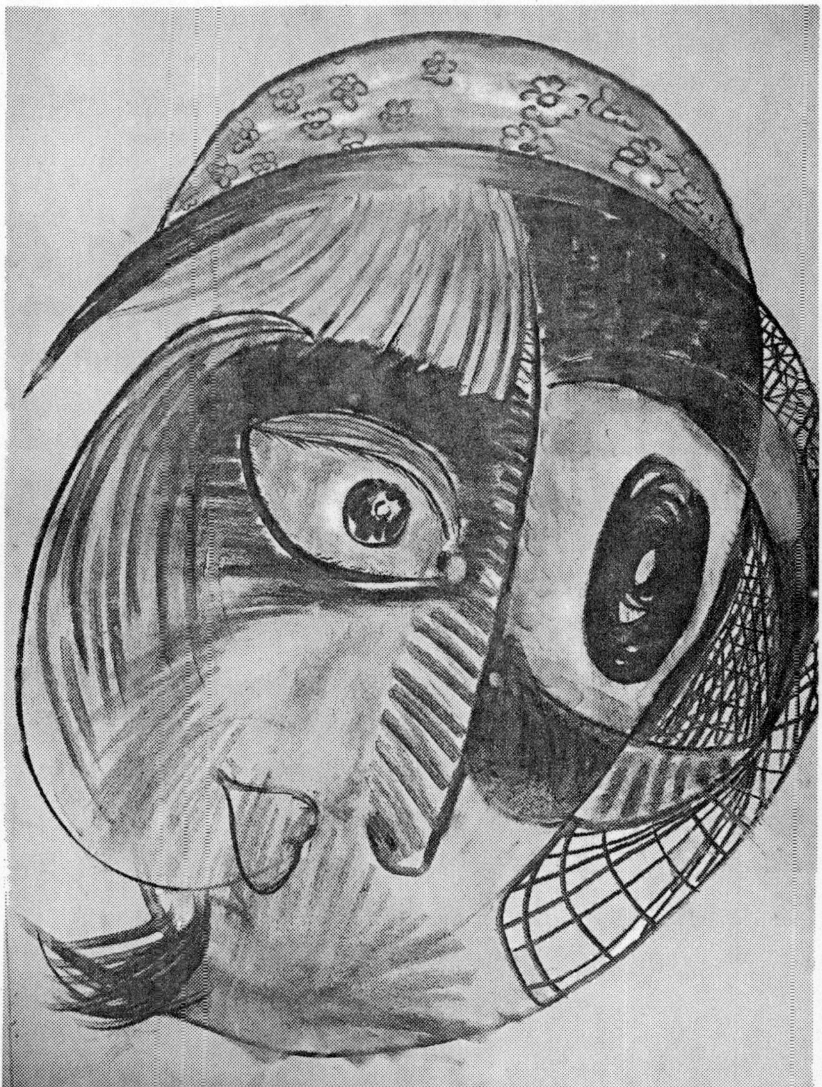

UN tourbillon. Voilà ce qui m'entraîne. Un tourbillon.

Je suis comme ces particules entraînées dans l'eau sale qui se précipite dans le siphon d'une bonde, qui ne peuvent résister à ce flot puissant s'écoulant vers la mer, on ne sait où.

Un amas de particules appelé à disparaître sans laisser de traces, sinon dans quelques esprits perdus qui courent à leur fin certaine, ne pouvant que saisir des éclats de vie brillants, jubilant d'être dans la joie incohérente de l'être.

Peu m'importent ces soi-disant élites richissimes bâtissant leur fortune sur le dos voûté de la misère mondiale.

Peu m'importent ces bourgeois d'Amériques, d'Europe, d'Inde ou d'ailleurs qui font de l'argent à n'en plus finir, qui rendent et se rendent esclaves de leurs propres machines, sur la toile encombrée de leurs mornes photos de famille, toutes identiques.

Je ne me battrai plus contre ce fleuve noir et monstrueux du progrès.

Comme le train qui glisse sur ses rails et qui ce dimanche m'emmène une fois encore à Toulon, je me laisse conduire. Je passe d'une fiction à l'autre dans un mouvement ininterrompu, mais aujourd'hui je ne peux plus pencher ma tête fatiguée par la fenêtre pour sentir la vitesse.

Il me semble que depuis longtemps, depuis que j'ai commencé à vivre et à jouer, je ne fais que courir toujours plus vite sur les chemins créatifs, joyeux ou angoissants de l'art dramatique.

Nos putains de machines téléphoniques ne nous laissent plus de répit.

J'ai dix-neuf ans, je viens de passer mon baccalauréat, j'aurai les résultats bientôt mais pour l'heure j'ai la tête qui prend le vent à l'extérieur du train Toulon-Strasbourg. C'est le temps où quelques vitres sont grandes ouvertes au vent.

Je vais passer le concours de l'école du Théâtre national de Strasbourg, je serai recalé mais ce sera le commencement d'une course folle et passionnante dévorée par la fiction. Emballé comme un cheval au galop, le zèbre de ma savane.

MAINTENANT, cher lecteur, puisque tu es toujours là, il est temps de te décrire l'endroit où je vis.

Je me suis installé dans un nouvel appartement parisien il y a un peu plus d'un an. Il reste des cartons.

J'ai tout et je n'ai rien.

Quelques tableaux peints par deux talentueuses artistes : Anouk Grinberg et Juliette Binoche. Des œuvres qui ont une grande valeur à mes yeux. Des têtes, des portraits.

Des dessins et des peintures de René Caussanel, mon ami, peintre maudit surdoué et si attachant.

Des livres, des revues, quelques photos. Des cartons pas encore déballés de mon dernier déménagement. Des fleurs séchées. Des lampes accumulées au fil du temps. Des journaux qui traînent.

L'espace cependant est confortable dans le sixième arrondissement de Paris. Je loue. Le propriétaire est une banque.

Je suis sorti du cinéma Le Grand Action totalement défait, je cherche les mots qui pourraient rassurer le jeune réalisateur qui vient tout heureux de me montrer son film, que nous avons eu tant de plaisir à tourner. Je cherche les mots et je ne les trouve pas, je suis hagard, comme dépossédé de moi-même.

Qu'est-ce donc qui s'abîme en moi quand je me vois au cinéma ? Qu'est-ce qui provoque en moi ce gouffre, cette blessure qui ne trouve pas de place précise dans le corps ? Il m'est de plus en plus difficile de me regarder sur l'écran.

À cet instant, je sais que je n'existe pas, que je n'ai jamais existé et je suis certain que jamais je n'existerai. Encore raté.

Une nausée me prend, un goût amer, pourquoi ? Je pourrais m'en foutre et, parfois, oui il est des jours où je ne suis pas atteint bêtement comme aujourd'hui.

Pourtant, autour de moi, tout le monde, tous ces amis bienveillants qui ont aimé le film et son esprit fin ne semblent pas aussi catastrophés que je le suis.

Je masque mon désespoir. Je marche vers le restaurant où nous sommes attendus et mon cœur est terne, jugulé, atteint.

Avec le temps, j'ai appris à surmonter cette sensation quand mon être se déchire en son milieu. Un sentiment de mort, de tristesse et d'ennui.

Où vont aller toutes ces images et cette représentation dans lesquelles j'ai traîné le temps d'un film ? Dans quelles rétines vont-elles se noyer ?

Je sais qu'un film est bon quand je peux y entrer malgré ce mal indéfinissable qui me broie. Je me suis donné en sacrifice et c'est encore moi qui meurs de m'être perdu dans le chemin d'un autre.

Le résultat n'a rien à voir avec la jubilation que j'ai éprouvée quand nous concevions et fabriquions cette histoire. Les autres acteurs me semblent formidables et le film m'a plu, mais ce malaise qui m'étreint ?

Les autres sont loin et tout proches, ils ont peut-être ressenti le même sentiment de délabrement, la même infinitude et sa douleur profonde.

Voilà bien ce qui finit par grignoter l'acteur au fil du temps.

Ce dégoût de lui-même.

Aujourd'hui j'ai bavardé au doux soleil de ce printemps 2018, à Montmartre, avec mon ami Raphaël. Nous profitons de la vue plongeante sur Paris et j'admire le vert insolent des feuilles qui ont éclos quinze jours plus tôt.

En contrebas, il y a l'avenue Junot et dans cette avenue qui monte en serpentant jusqu'à la place des Tertres, il y a une petite maison blanche, et dans cette maison blanche il y a Virginie, et puis Vanille et Barnabé. Nous nous sommes aimés. L'avons-nous cru, que ça durerait toujours ? Oui. Huit ans de jours heureux sur les hauteurs de Paris.

J'oublie totalement de me rendre au ministère de la Culture soutenir mon ami Dominique Bluzet, qui tout heureux se fait remettre la Légion d'honneur par Madame la ministre. J'ai une telle envie de profiter de la nonchalance de la ville, de prendre mon vélo hollandais et de ne plus penser. Je suis sûr que c'est le lendemain que j'ai rendez-vous rue de Valois.

L'après-midi j'ai une belle discussion avec Irène Bonnaud, bientôt notre dramaturge pour le projet *Vivre sa vie*, d'après Jean-Luc Godard.

Gare de Lyon, à nouveau je pars pour Toulon. Grand état de fatigue mais sentiment bienheureux et le corps se laisse faire. Je marche d'un pas tranquille, exténué mais serein, calmé, en accord avec le destin.

Je croise Leos Carax, ce divin poète un peu maudit. Il est avec son chien, un labrador roux et jeune, il fait semblant de ne pas me voir, j'en fais autant. Je le croiserai à nouveau plus tard au bord d'un autre quai, nous nous éviterons à nouveau. La dernière fois que je l'avais vu il m'avait ignoré de même. Il avait de bonnes raisons, une belle amoureuse que nous ne sûmes pas partager.

Le train me porte dans la nuit de ma ville, je vais me coucher dans mon appartement du centre, près du port.

Je me réveille et traverse les rues pour retrouver toute l'équipe du théâtre, jeune, joyeuse, qui se donne sans compter pour cet échange mystérieux, qui allume toutes les scènes et les spectateurs de nombreux soirs de l'année.

Puis, avec Pascale, nous montons sur les collines d'Ollioules rejoindre pour une journée de travail notre nouvelle équipe de Châteauvallon.

Il est 21 heures quand nous descendons sur le port de La Seyne ; je veux voir mon bateau sorti de l'eau pour son carénage annuel. Je lui gratte le ventre qu'il m'offre à voir, perché sur des échasses en fer bleu et rouille. Il me redonne le goût du large. Encore deux mois et je larguerai les amarres pour quelques jours…

Qu'il est bon en attendant de sentir la brise du Sud. Qu'il est rare et presque inimaginable dans ce monde d'algorithmes que nous puissions encore rêver de lieux d'utopie, de construction de l'esprit et de joies gratuites.

Je vois tous ces gens passer, cette multitude vissée sur ses smartphones, ces outils pas très smarts et plutôt cannibales… Que ces hommes et ces femmes sont tristes dans leurs convenances tendues.

Le train m'a encore déposé dans les rues de Paris et j'ai encore une fois terminé ma course dans les bras de la fiction. Jubilation.

Qui peut prétendre qu'il n'est pas le produit aliéné de ces villes technologiques ? J'ai envie de campagne, de mer ou de nature ce soir.

Mon fils a vu *Le Fils*, de Florian Zeller, il en fut tout ému, hâte d'avoir une discussion avec lui sur ce sujet. Que suis-je comme père dans ces vies éclatées et celle-ci, la sienne en particulier, par cette douce nuit du printemps 2018 ?

Nous courons tous dans la fiction puisque le réel nous est insupportable.

Je suis Borges qui vit dans sa bibliothèque, se perdant dans le labyrinthe de ses histoires, supportable uniquement parce qu'elle s'inspire de cette réalité tragique.

Oui, mort au divertissement ! Celui qui m'éloigne de ce que la nature a donné de plus beau et de plus dur à l'homme : la conscience du monde, une conscience tout à fait imparfaite et surtout limitée, mais une conscience si attachante…

Perséphone dit « maintenant que j'ai vu, maintenant que je sais ». On ne peut plus faire comme si l'on ne savait pas ! L'infini me ferait éclater définitivement s'il venait à ma connaissance ; l'imaginer, non, je ne le puis pas.

Quand je serai au bout de ce livre, tout comme moi incohérent et rapiécé, quand j'arriverai au bout, je serai à l'explosion, celle qui fait entrevoir physiquement la poussière qui s'infiltre partout. Je serai comme tante Christiane Picard qui me parla quelques heures avant de mourir, qui savait sa mort, cette mort qui se lisait dans ses yeux et qui chassait en elle jusqu'à l'angoisse de vivre. Non, rien que la tranquille certitude que tout sera calme, apaisé, relié. Christiane, tu es là, en moi désormais une fiction.

Je suis celui qui ne fait rien. Je suis la contemplation, je laisse le monde se déchirer sans moi, aujourd'hui je brille dans le rien, la paresse et la futilité…

Quel ennui ce monde ! Vivement à nouveau la fiction, qu'on se raconte des histoires… Ce monde de conflits furieux bien orchestrés pourtant. Le chaos qui semble un temps acceptable car plein de la distance nécessaire. Celle qui amène l'humour indispensable à l'acceptation des choses.

Je croise des voisins, jumeaux, ils ont plus de quarante ans, qui se ressemblent tellement qu'on peut encore les confondre. Siciliens et Parisiens. Un couple parfait, parfaitement identiques malgré les années, ce qui les fonde est inaliénable.

Je rentre, j'écoute Leonard Cohen, mort lui aussi et qui pourtant me susurre à l'oreille ses éternelles chansons, cette voix qui brille encore malgré la mort, sa mort…

Leonard, mon frère, tu es là et tu as disparu. Tu n'es plus que fiction à travers la machine qui te reproduit et tu peux le rester, tu es mon frère jamais apparu et pourtant toujours présent. Tes sentiments sont les miens. D'où vient que je les reconnais à ce point ?

Et toi, Albert Camus, que j'ai dévoré sans que tu le saches, toi si vivant et si mort, que d'autres que je ne connais pas ont fait leur.

Et toi, David Bowie, que j'écoute en boucle, où es-tu sinon au même endroit, juste la voix et le génie de quelques mots, de quelques notes de musique…

Et toi, Glenn Gould…

Le dos me fait mal, la fatigue est telle que je ne peux plus rien. Rien que tomber dans les limbes, dans l'obscurité qui m'engloutit.

La dernière danse, celle que tu chantes, Leonard. La chaîne stéréo te fait revivre, te relie à moi au plus profond… *To be free…*

Don Quichotte, voilà un visionnaire, il savait que l'imagination est toujours la plus forte, qu'il faut se prendre des coups mais que les blessures ne sont rien quand on veut vivre. La vérité n'est jamais obsolète, elle ne se résout à aucune impasse.

L'Espagne encore ! Avec Javier Tomeo, cet écrivain criminologue que je joue en transformant la misère en royaume de plaisirs. Monstre aimé.

Et toi, Jean-Marc Bory, avec qui j'ai joué cette pièce maintes fois et qui n'est plus désormais que dans nos souvenirs… Tu es, tu as été dans mes fictions, tu es là encore en moi, avec moi.

Et Paul, Marie et Lou…

Et toi Jean-Jacques Préau, qui t'est immolé par le feu dans ton appartement.

Le temps n'existe que comme une matière élastique. Les fictions le font circuler comme le sang dans les veines de mon corps encore vivant. Dans le corps de tous ceux que j'ai croisés et aimés.

Nous sommes des chevaux fous lancés dans les vents contraires d'une modernité mécanique qui nous dévore en flattant notre vanité. Par moments, nous trouvons l'amour comme une lumière insolente. Nous retrouvons le goût du rien, nous trouvons la force de vivre de non-sens. Nous sommes accrochés à nos petites machines comme à une malédiction.

Mais cet infime point dans l'univers qu'est une salle de théâtre me repêche et me sauve. Je suis ce point unique, faible et beau, face à ce puissant fleuve arithmétique absurde dans lequel chacun se débat comme il peut.

Je croise Vincent Lindon à Saint-Germain-des-Prés, tête nue sur sa vespa. Ce bègue qui parle droit dans ses fictions, qui retrouve l'équilibre. Il s'est donné à ses mille visages au gré de ses angoisses. Sur les boulevards sales du cinéma français, il a trouvé son rôle, sa liberté…

Il me semble que mon corps va casser. Mon imagination va l'emporter contre toutes les lois de la réalité.

C'est cela que peut t'offrir ce livre, que tu l'aimes ou que tu ne l'aimes pas : un havre de paix pour ton imagination.

Oh ! délicieuse solitude, quand personne ne peut abîmer l'intimité, la gratuité de mes jours.

Je suis seul face à ma vie et à ma mort.

Ces moments quand mon cerveau et mon corps ne sont plus soumis à l'autre, à rien que le tout chaotique et violent.

Ton jugement, je m'en fous, il ne peut calibrer ma masturbation stérile. Je ne sers rien et à rien. J'en suis heureux ce soir et tu ne me diras pas que tu ne connais pas ces moments-là…

Beethoven n'est pas mort, il est en moi. Les machines auront servi à cela, te laisser pénétrer, Ludwig, mes tympans assoiffés.

Je suis Beethoven, je peux l'être, je le sais depuis toujours.

Je suis Beckett, je suis dans ses poches trouées.

Je suis Mallarmé, qui m'emporte dans ses mots surrationnels, quand le rationnel perd pied.

Je suis cet enfant qui trouve le temps trop long, je suis ce vieillard aux cheveux ébouriffés par le cancer qui le ronge et lui promet sa mort prochaine.

Qui sommes-nous, sinon quelques êtres perdus aux confins d'un monde affairiste qui se sent si puissant ?

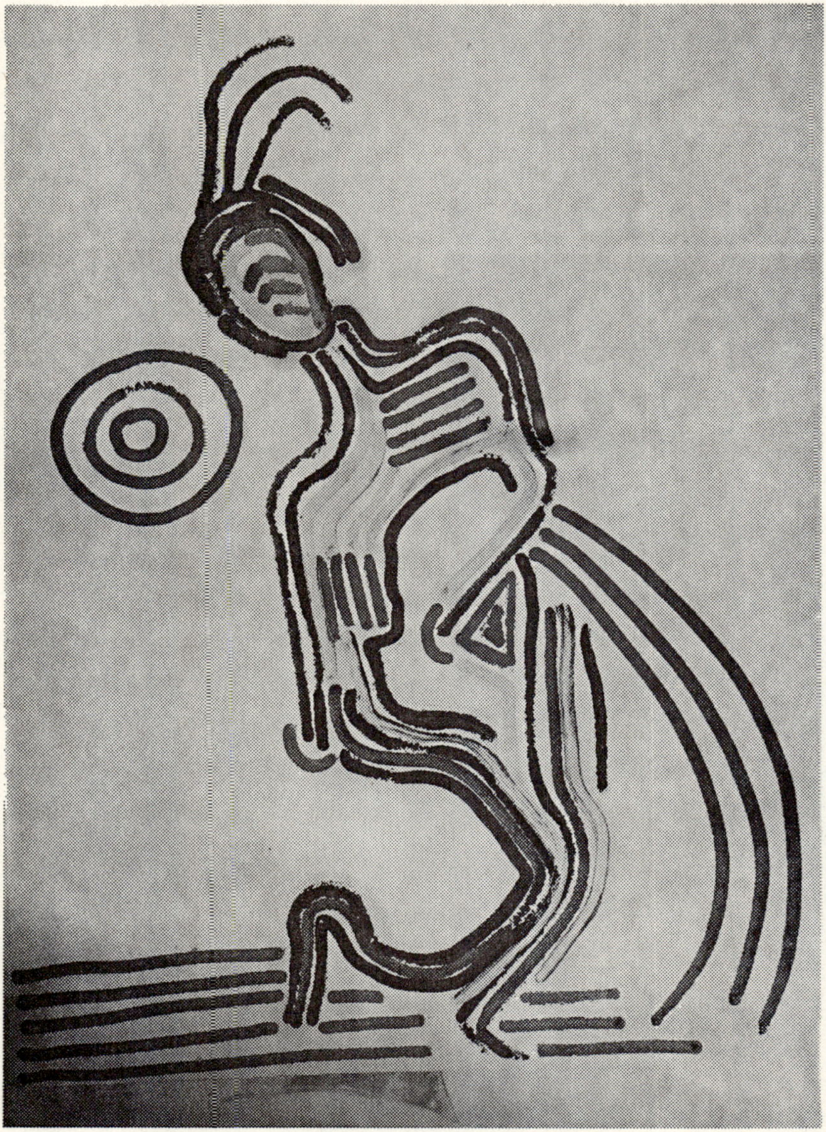

Ce matin, elle est revenue.

Elle s'étire devant moi, si belle, si libre et je contemple ses mouvements gracieux comme on regarde le ciel.

Elle fait exprès de me montrer les recoins les plus intimes de son corps si fin. Elle n'a pas de pudeur, elle sait que tout meurt et que tout se voit au travers de ses vêtements.

Elle est si belle et si jeune qu'elle ne croit pas vraiment dans le pouvoir de la mort.

Je reconnais les détails de son corps que je désire éperdument et qui prolonge la nuit d'amour que nous venons de passer ensemble.

Elle répète deux spectacles en même temps pour un festival breton, elle a dû se baigner dans l'océan encore froid du printemps finissant et elle est revenue passer ces quelques jours dans mes bras et mon lit, lestée d'une angine.

C'est un miracle d'être aimé par cette femme.

Un miracle qui ne s'arrête jamais.

COMBIEN de fois suis-je parti dans le ciel ?

Combien de fois ai-je vu les nuages au milieu des passagers qui ne les regardent plus ?

Une fois encore je quitte les hauteurs bleues de la Méditerranée, ciel fougueux du Midi pour le ciel gris de Paris.

J'atterris à Orly. L'avion sur le tarmac. Nous ne sommes que des sardines dans une boîte. Tandis que certains trépignent pour sortir de cet espace trop clos, j'aperçois par le hublot l'homme chargé d'assurer notre sécurité.

Il n'aime pas son travail et je suis cet homme qui ne se presse pas, cet homme qui subit. Cet homme contraint. Il nous fait payer son malheur, sa vie d'ennui. Il déplace trop lentement les plots stupides qu'il doit aligner pour préparer notre chemin de sortie, servir la norme et les consignes absurdes sur le tarmac de l'aéroport. Celles qui font de nous des irresponsables.

Nous attendons, comme toujours dans ces moments-là. Je le regarde par la lucarne ovale.

Je sens dans sa tête et dans son corps des envies de meurtre, le désir violent de tout faire sauter.

Il ne le fera pas, il se contentera aujourd'hui encore de suivre tristement la règle affligeante, dictée par quelques ingénieurs immatures rendus fous par la compétition au rationnel et au profit.

C'est bien ça qui me frappe chez lui, sa lenteur pesante. Ce dégoût d'exister. Ce renoncement. Je suis à cet instant cet homme, puisque je suis moi aussi un chiffre au nombre des voyageurs. Je suis la tristesse infinie de ces femmes et de ces hommes qui passent leur temps à remplir des avions.

Seule mon imagination peut me sauver et me rendre au sentiment d'exister. Aujourd'hui, je suis simplement ces mots dans ce livre, qui sont des signes et non des chiffres.

Puis les portes s'ouvrent et le flot humain se répand sur la piste. Je suis tous ces êtres qui sont frappés de mort, je les sens en moi comme on sent le nombre dévorer l'unité.

Je prends du ventre en ce moment.

C'est parce que je suis partout que je puis être nulle part.

Je suis cette fiction que j'ai chantée hier soir, place Puget. Je jouerai ce soir au théâtre.

Mes os me font mal dans le tourbillon qui m'entraîne.

Je veux créer encore et encore des mondes infinis et inconnus.

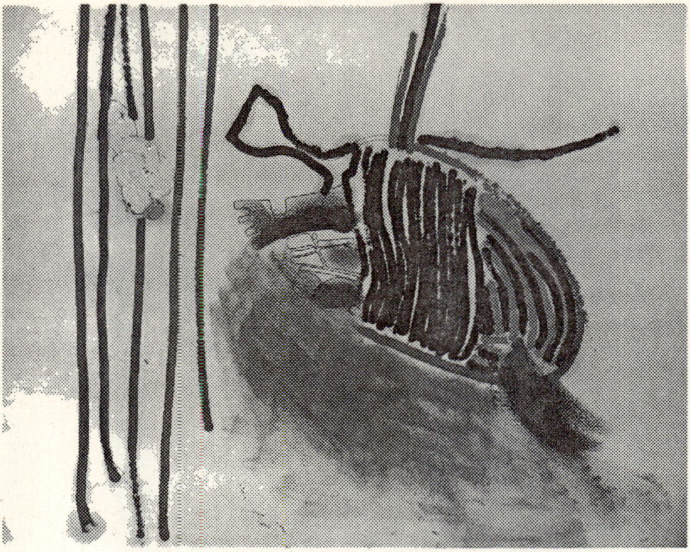

IL marchait dans ce parc planté de grands arbres, qu'il découvrait parce qu'il était dans une ville du Nord inconnue de lui.

Ses pas étaient si incertains qu'il lui semblait pouvoir disparaître à chaque instant, comme si le paysage boisé, que le soleil de l'après-midi sculptait d'une lumière rasante malgré le mois d'août, allait soudain se renverser sur lui, l'engloutir dans un tourbillon violent et que tout son corps allait se briser en mille morceaux.

Il était sur le point de s'effondrer, oui c'était exactement cela, les fondements mêmes de tout son être vacillaient.

Il était là, à cet endroit, et pourtant c'était comme s'il n'y était pas. Ses yeux, ses oreilles, son cerveau s'embrouillaient comme chez un mauvais élève, puni sur le banc de l'école, qui mélange tout et n'arrive à rien retenir.

Il regardait en passant, sans se faire remarquer, les hommes et les femmes qui pour la plupart promenaient leur chien. Et quelques joggeurs dont il enviait la vigueur, ainsi qu'un groupe d'étudiants surexcités qui se maquillaient et se déguisaient sans doute pour fêter leur rentrée prochaine.

Comme les forces et la perception qu'il avait du paysage lui faisaient de plus en plus défaut, il décida de marcher plus vite pour ne pas s'écrouler tout à fait.

Il prit une rue au hasard, et puis une autre. Les avenues étaient larges et l'air frais venait de loin. Toutes les personnes qu'il croisait, certains au téléphone, d'autres le regard pensif, lui ressemblaient, pensa-t-il. Ils étaient aussi perdus que lui.

Une chaussette glissait dans sa chaussure, il s'arrêtait de temps à autre pour la replacer. Sa vie lui échappait maintenant totalement et pourtant il marchait d'un bon pas. Un pas qui lui flattait un peu le corps et le rappelait à son existence.

Il voyait des voitures garées ou en mouvement, lui aussi en avait une. Il voyait des appartements et des gens aux fenêtres, il en possédait un lui aussi, même si c'était à crédit. Il était donc comme tout le monde, alors pourquoi ce sentiment d'être au bord de l'abîme ? En dehors de tout ?

Une longue avenue bordée d'arbres majestueux s'offrait à lui, il l'emprunta de bout en bout pour arriver jusqu'à une fontaine qui jaillissait à gros bouillons dans le vent marin. C'était donc ça la vie ? Il faudrait s'en rappeler…

Qui suis-je ? Comment ne pas être broyé par ce flot humain ? Comment dominer ce vertige ? Un vertige soudain, voilà ce qu'il avait ressenti dans le parc, tout à l'heure, comme s'il était au bord de son propre gouffre.

À ce moment et en ce lieu, il était seul, irrémédiablement seul.

Et il aimait cela.

Ce « il », c'est encore moi.

CHER lecteur, laisse-moi encore te raconter quelque chose puisque tu me lis, que tu te baignes toujours dans le chaos de ces mots.

J'ai treize ans, je commence à naviguer sur des bateaux à voiles. Parfois cela se passe en famille. Notre père, très fier et même heureux, nous emmène sur un vieux gréement de location au large de Toulon.

Il arrive à ma mère de perdre son calme. Elle est hermétique aux joies de la navigation. Elle exige alors de prendre la barre et fait des ronds dans l'eau, tournant la barre tribord toute. Elle hurle son désespoir de ne trouver aucun sens à ces promenades en mer. Elle ne quitte pas la barre et nous fait partir littéralement dans tous les sens. Nous tournons sur nous-mêmes, comme à l'infini.

Je crois que c'est ce qui m'a définitivement fait aimer les sorties à la voile. Elles n'ont aucun sens.

C'est bien ce qui en fait toute la valeur et la beauté. Ainsi sommes-nous au cœur de la plus belle métaphore de la vie. Le non-sens des choses. Parcourir le monde et l'admirer sans autre finalité que vouloir au contact de la nature vivre sa vie.

Tout marin a connu les marmites, ces espaces dans l'océan non loin de certaines côtes bretonnes, quand la houle s'affole de façon désordonnée et dangereuse. Il a aussi connu ces moments sublimes quand la houle et le vent sont dans le même sens. Quelle joie, quelle sensation sublime que de pouvoir alterner ces moments de chaos et d'harmonie !

C'est ce que l'océan nous donne, cette instabilité magnifique et vraie. C'est le grand privilège de navigateurs aussi intrépides que les marins du grand large, qui entretiennent à longueur de miles le défi de ce non-sens total et d'y prendre un plaisir fou.

Celui que ma mère n'a jamais compris, que mon père aimait tant et qui reste à certains terriens comme le mystère qui entoure le monde de la marine à voile ou à vapeur.

Laissons ce non-sens magnifique et mystérieux nous emporter. Protégeons-le, chérissons-le. L'océan est l'avenir de l'homme et de sa grandeur.

Je suis submergé par le désir, je suis dans l'océan de l'imagination, je ne puis résister à son appel, je me laisse emporter par ses vagues capricieuses, sa houle profonde. Le sel du non-sens me taillade le visage jusqu'au bout des mots.

J'attrape toute pensée qui s'offre à moi comme à n'importe quel passant. Je ne fais pas de différence, ni de hiérarchie parmi tous ces désirs qui veulent exister, je cherche à faire sauter les verrous de leurs pauvres et pathétiques existences.

Le monde grouille, le monde hurle devant moi, autour de moi et il m'entraîne dans son tourbillon vertigineux. Je passe d'une fiction à l'autre, j'écoute dès que je peux chaque artiste qui redéfinit le chaos, qui le recompose dans une émotion simple et pure.

JE passe demain la nuit au musée d'Orsay, je vais m'enivrer de Bonnard, Vuillard, Gauguin, Van Gogh et tant d'autres.

Je serai ces peintures, ces traces d'une passion que je reconnais. Comme le tréfonds qui gît loin, très loin au plus bas des océans et que le pinceau fait remonter à la surface pour les exposer au rayon chaud du soleil. Le ventre de la terre au milieu des nuages.

Je suis Elvira dans *L'Année des treize lunes* de Fassbinder ; je porte des talons de treize centimètres de haut, j'étais un homme, je suis une femme. Je ne peux être plus généreux que dans ce rôle.

N'en vouloir à personne, tout accepter du monde, voilà le rôle de l'artiste. Pardonner aux mafias, aux cupides, aux brutaux ou aux lâches qui les font prospérer. Je ne peux que décrire, suivre le cours des choses.

Il me reste et me restera toujours la joie des mots et son amie de toujours que j'appelle liberté.

L'illusion factice de recréer le monde se construit dans les veines impersonnelles de mon existence indéfinie.

Elvira en mourra et moi je suis mort avec elle. Elle a sucé, avant de crever seule, tous ces mecs dégueulasses, et moi aussi je les ai sucés après qu'ils m'aient battu à mort.

Je suis orphelin de mes parents morts à présent, et je suis orphelin de tous ces rôles qui m'ont traversé comme des êtres vivants, que j'ai habités en secret car on ne saura jamais ce qu'il y a dans l'intimité d'une écriture. On voudrait l'habiter totalement tous les soirs, pour essayer de la découvrir enfin telle qu'elle est, lumineuse, sombre, contradictoire et vivante.

Mon cou me fait mal à force de suivre ces mots sur le clavier – là je te dis, lecteur, la vérité, je tape sur les touches de l'ordinateur.

Je trace un sillon flou.

L'*Aquarius*, ce bateau qui sauve l'honneur des Français en repêchant ces pauvres gens qui viennent de l'Afrique que l'on pille et qui se perdent en Méditerranée simplement parce qu'ils veulent vivre, ce bateau salutaire s'est vu refuser maintenant les côtes italiennes.

Je veux être l'Europe, celle qui vit, accueille et se rêve !

Je suis allé revoir Desgrandschamps, ce médecin, cet homme bon et passionnant. Il m'a gentiment tâté la prostate et en ressortant son annulaire, qu'il avait pris soin de lubrifier, il m'a annoncé ravi qu'elle devait faire, ma prostate, dans les trente ou quarante grammes.

Prostate et vessie en pleine forme, il me reste quelques années devant moi. Tant mieux ! Encore du temps pour aimer, jouer, construire, rire et pleurer.

J'aime tant lui poser toutes sortes de questions sur l'intérieur du corps, il aime tant m'éclairer sur ces zones sombres que personne ne peut voir mais qui est notre moi sanglant. Toutes ces petites douleurs qui se déplacent au fur et à mesure que le temps passe et que les cellules vieillissent.

Vu l'autre jour le grand Ivry Gitlis, si vieux, perdant la mémoire à la terrasse du Flore. Presque plus personne ne sait qui est cet homme pourtant si grand, si beau, qui a joué de son violon comme personne.

Quelques jeunes et jolies femmes prennent soin de lui, elles connaissent sa valeur, elles l'accompagnent dans cette infirmité effrayante qu'est la vieillesse.

Quand je vois ces jeunes femmes j'aime à nouveau l'être humain.

Je vais bientôt arrêter de jouer tous les soirs, je vais quitter pour quelques jours l'art dramatique.

Je prépare une valise pour partir au sud, rejoindre mon bateau et reprendre la mer.

Un autre mouvement, une autre perdition délicieuse. Quelle chance ai-je de n'être pas dans les prisons d'Erdogan ou de Bachar el-Assad…

Ça y est ! J'ai tourné la nuit dernière avec une équipe pleine de bonne volonté pour la télévision française.

À la télévision, on subit souvent et on est vite contraint. C'était un peu comme ça pour ceux-là.

La magie des artistes exposés au musée d'Orsay est tout ce qu'il nous restait pour relever un peu l'esprit et le corps, le temps d'une nuit passée, seuls avec ces morts magnifiques qui vibrent encore dans cette ancienne gare avec une force indescriptible parce que trop émouvante, un mouvement puissant et indéfinissable.

Ils sont là tout près de nous, ils nous rejoignent, ils abolissent le temps.

Je suis redevenu Bonnard, que je sais senti sans avoir pu le revoir cette nuit. Je suis sa femme dans la baignoire, qu'il a voulu peindre tous les jours au soleil de Provence. Le mystère infini des femmes.

Je suis Courbet qui enrage en peignant pour marquer son existence.

Je suis Millet qui se reconnaît dans ces paysans courbés sous le poids de leur trop dur travail. La nature est forte, la mer Méditerranée me le dira encore une fois la semaine prochaine quand je retrouverai ses charmes violents.

Je suis Van Gogh, la lumière éclatante de sa singularité, j'en reste béat, pénétré jusqu'à l'os.

Je suis Gauguin, que ma mère aimait tant parce qu'il nous donne jusqu'à l'odeur du Pacifique.

Et même Maillol et son *Île-de-France*.

Nous avons fini sur les toits de la gare d'Orsay, subjugués par le jour qui se lève sur Paris.

Je suis mon petit vélo, Moustache, qui me ramène à l'aube vers la rue du Dragon où je vais m'éteindre.

Il est six heures, Paris s'éveille…

Je suis le caniveau, je puis être tout. La joie me gagne d'être à ce point perdu dans l'univers.

Je suis aussi, tout en roulant, l'inquiétude pour Charlotte qui ne m'appelle pas et que je sens parfois s'égarer dans les méandres de la vie.

Je suis aussi plein de pensées pour Euriel, cette amie que je sais si fragile. Et tant d'autres amours que je n'ai su aimer.

Je suis toujours ce mélange de joies et de peines. Tous ces êtres morts ou vivants dont je suis le fruit mûr toujours sur l'arbre. Ils me traversent.

Il n'y a rien de personnel, je suis Genet qui se fond dans toute chose.

Impersonnel, le rouge marron de Rembrandt quand il ne peint plus que lui-même à la fin de sa vie, et qu'il n'a jamais été aussi proche à cet instant de lui-même, de moi-même et de toi, lecteur, si tu es encore là.

Je regarde mes mains qui tapent le clavier et je suis ces mots qui défilent dans la lumière étrange que produit l'ordinateur. Et quand il n'y aura plus d'électricité ? Me donneras-tu un crayon pour que j'écrive encore ?

Je suis cet enfant qui joue à Tahiti dans un arbre, en 1966, qui ne sait pas encore qu'il va vieillir un jour.

Je suis cette jeunesse qui prend la joie et la tristesse comme elle vient. Je joue avec un bâton et c'est déjà une épée que je porte… Les habits que mes parents me donnent sont ce qu'il y a de mieux pour s'habiller, je ne peux pas en douter.

Aujourd'hui, cet enfant de huit ans est loin et si proche, les habits qui m'ont été donnés sur cette île du Pacifique, je les porte encore.

Plus j'approche de ma mort et plus je sais que le temps est un espace qu'il faut habiter le plus possible et qui finit par s'évanouir.

Leonard Cohen, qui chante toujours alors que j'écris, est bien vivant, comme Van Gogh dont le visage rayonne au musée, même la nuit, dans un jaune incroyable et indélébile qui résonne encore dans ma tête.

Je suis dans l'Atlantique, j'ai plus de cinquante ans, je navigue sur un soixante pieds très rapide, puissant et fragile à la fois, conçu pour courir le Vendée Globe.

Nous sommes cinq à bord, le bateau file douze ou treize nœuds, nous venons des Açores, nous allons à Brest.

Les jours passent, voués à la mer et au soleil, au vent et à la pluie.

Cette immensité doucement prend le corps et l'esprit des marins, l'intimité est totale entre les hommes, tout est rendu à l'état animal, on mange, on fait des quarts, on chie, on barre, on borde, on pisse, on parle et on rigole ou bien on s'ennuie… Longtemps.

Peu importe, l'horizon est droit et loin. Il est le nôtre, à perte de soi. De tous côtés, il y a cette ligne courbe. Rien, pas une terre, rien d'autre que cette masse énorme et indomptable d'un bleu sombre.

Je peux regarder le fil de l'eau qui passe sous notre coque, espérer croiser des dauphins ou même un cachalot, je suis posé là comme une chose, un animal patient rongé par le sel marin.

Le temps change de visage, il s'étire comme l'infini qui s'offre devant moi. Je n'attends rien que respirer et voir devant moi les vaguelettes que l'étrave du bateau fend.

Mon nez s'habitue à l'air marin, et c'est parce que j'ai goûté à cette solitude que l'odeur encore lointaine de la terre me surprend un matin.

J'avais oublié la confusion, la puanteur des choses et des êtres, je la sens à présent, je regarde au nez du bateau, rien pourtant, pas de terre en vue, pas encore.

Ce n'est qu'une demi-journée plus tard que nous la découvrons. On la voit, la terre, et la mélancolie nous saisit. Nous ne sommes déjà plus seuls. Adieu le large !

Ainsi pensé-je tandis que je pénètre dans une chambre quelconque d'un hôtel médiocre fait de briques industrielles et sans âme.

Je l'avais reconnue avant que de la retrouver, cette odeur âcre et amère de la cohue des hommes. De ceux qui se battent sans aimer.

Je m'endors mal, agité par l'océan qui s'accroche à moi comme une respiration solaire et brûlante.

Je suis à nouveau tous ces gens qui passent et s'agitent devant moi. Malgré cette déchirure au fond de moi, chacun m'intéresse et je me plonge, je me perds à nouveau en tous.

Toutes les plages sont pleines d'une musique très forte qui ne s'inscrira pas dans le sable de la mer.

Je reconnais mon insuffisance et ma fatuité.

À cette heure, lecteur, tu me perds comme je me perds moi-même dans la facilité des choses et les fictions que j'ai voulu pénétrer et qui toujours se sont refusées à moi malgré la grande volonté que j'y mets.

Mais quand on croit toucher le fond…

J'écoute à nouveau Depardieu chanter Barbara, et je sais que d'une barrique peut sortir un diamant. À tout moment.

Cinq mois au chevet d'un rôle, le servir tous les soirs, s'y rendre, le faire grandir, s'affaiblir avec lui les mauvais jours et puis plus rien.

Rien que des soirs vacants.

Je suis une plante à qui l'on retire le tuteur. L'eau et la sève me tiendront-elles debout ? Mais qui vous a dit qu'il fallait tenir debout ?

Encore une fois, un. Et pourtant ce rôle est en sommeil, il attend son heure pour revenir sur le devant de la scène. Il s'endort je ne sais où dans mon corps comme le vin dans une cave, il reviendra plus mûr encore, plus fluide, plus goûteux.

Je ne l'oublie pas, il est là, discret, tapi au fond de moi, attendant son retour. Si je le rappelle, il remonte aussitôt à la surface et reprend possession de moi, plus vif qu'à sa première naissance quand je le suppliais de m'apparaître.

Il m'est devenu familier, nous nous sommes apprivoisés et maintenant nous ne pourrons plus nous séparer. Nous sommes inscrits l'un dans l'autre, l'un pour l'autre.

Il dort pour l'heure avec tous les autres rôles qui m'ont possédé et aussi tous ces visages que j'ai croisés, qui m'ont ému ou bien épouvanté, qui sont comme une fiction supplémentaire.

Il n'y a pas de fin car tout va continuer…

Je continuerai d'être ce poisson tranquille dans une mer chaude du Pacifique nageant au milieu des coraux splendides qui ne craint pas les prédateurs.

Je serai Juan, le jeune homme aux six doigts face à Jean-Marc Bory, et je lui raconterai ma vie impossible avec une mère possessive à mourir.

Je serai Chololo, je serai Perdican, Horace, Œdipe, Ulysse, Elvira, Berlureau, Caligula, Grégoire Ponceludon de Malavoy, Bardamu, Alexandre… et tant d'autres.

Je serai encore tout cela… et tant d'autres.

Mais avant je serai la mer, je serai l'océan, je serai les îles et tous les continents.

POUR qui est-ce que j'écris ?

J'écris pour l'homme. Pour me présenter devant la matière aussi nu que possible, comme l'on se retrouve devant un miroir d'eau déformé où l'on ne peut se voir que fragmenté, incomplet et flou.

J'écris pour Dieu, même si je n'y crois pas, j'écris pour le chaos lumineux et douloureux qu'il aurait créé. Parce qu'au-delà des gestes, des intentions, des désirs, des bonheurs et des malheurs, il y a une matière vertigineuse que je ne comprends pas, dont je jouis et que je ne comprendrai jamais.

J'écris comme les autres pour arrêter le temps. Pour me glisser dans ces instants assoiffés de vivre du bout de mes doigts.

Je n'ai peut-être pas pu t'emmener aussi loin que tu l'aurais souhaité, mais tu sauras avec moi que la vie est un non-sens magnifique que je ne me lasse pas d'admirer.

Le travail est une libération, il est l'illusion d'une existence, d'un but toujours réinventé. Je travaille, je suis Dieu, je peux créer le monde dans mes cadres, avec mes cadres.

Et Dieu a mal au cul, souvent. Il n'est pas éternel.

Je suis seulement à cet instant l'œil qui regarde ces mots, ces signes noirs et fragiles qui sont vus avant qu'ils ne s'effacent ou que la mer ne fasse disparaître jusqu'à la moindre trace de son existence insensée.

Je me perds, je me suis perdu définitivement dans ces lignes comme un insecte qui se fracasse sur des hiéroglyphes.

J'entends le vent de l'autre côté de la fenêtre, ouverte sur l'été qui commence.

Je suis ce brin d'air doux qui te caresse de l'autre côté de la page.

Je suis le magnolia qui a poussé miraculeusement dans cette cour d'immeuble parisien, je suis toutes ses feuilles vertes qui réclament un peu d'eau.

Maintenant, mais le temps n'existe pas, je vais quitter ce livre et regarder dehors. Je vais retrouver tous les autres, humains, animaux ou les deux à la fois.

Je vais les rejoindre et me fondre en eux.

Je vais sortir avec toi de la fiction.

Nous ne bougerons plus, nous resterons ainsi, toi et moi, côte à côte, à ne rien faire que d'exister en regardant la mer, le ciel, la terre et ses fourmis. Ne plus avoir besoin d'en parler…

Voilà, je sors de ce livre et tu en sors aussi.
Merci de m'avoir lu…

Je suis un chien sans collier qui s'en va trottinant sur le boulevard Saint-Germain, furetant près des poubelles des hommes et qui s'enivre parfois quelques minutes devant l'étal d'un boucher, la truffe en l'air.

Je suis un petit taureau, le soleil tombant est encore vif. J'entre dans l'arène poussé par un galop puissant et chaotique. Déjà agressif.

Je m'arrête, sidéré.

Une foule hurle tout autour de moi, ma tête musclée tourne en pointant ses naseaux et ses cornes. Rien, cela ne ressemble à rien qui pourrait être l'odeur douce de l'herbe sauvage sur la lagune de Camargue.

J'entends d'abord les cris excités de ces êtres bizarres, colorés et énervés. Les hommes.

Une forme surgit du fond du mur de planches, avec une robe large et rouge. Elle tourne autour de moi et m'attire à elle dans une danse insensée et meurtrière. Je cours, je rue, j'halète, je m'égare de colère. Elle sort une longue, une trop longue épée.

Je m'arrête, me tiens, à bout de souffle.

Le soleil est aveuglant et brûlant. Je suis couvert de poils noirs et humides. Je bave, le dos lacéré de banderilles, bouillonnant de mon sang.

Je respire encore, je suis au centre de l'arène, je vis et je suis heureux.

Filmographie de Charles Berling

1982 : *Meurtres à domicile* de Marc Lobet
1985 : *Vacherie,* court métrage de François Christophe
1985 : *Nuit froide,* court métrage de Nadyne Bensadoun
1993 : *Les Vaisseaux du cœur* d'Andrew Birkin
1994 : *Just Friends* de Marc-Henri Wajnberg
1994 : *Dernier stade* de Christian Zerbib
1994 : *Consentement mutuel* de Bernard Stora
1994 : *Petits arrangements avec les morts* de Pascale Ferran
1994 : *Couples et amants* de John Lvoff
1995 : *Nelly et Monsieur Arnaud* de Claude Sautet
1995 : *Le Fabuleux Destin de madame Petlet* de Camille de Casabianca
1995 : *Pullman paradis* de Michèle Rosier
1996 : *Love, etc.* de Marion Vernoux
1996 : *Ridicule* de Patrice Leconte
1997 : *Nettoyage à sec* d'Anne Fontaine
1997 : *Les Palmes de monsieur Schutz* de Claude Pinoteau
1998 : *La Cloche,* court métrage de Charles Berling
1998 : *L'Inconnu de Strasbourg* de Valeria Sarmiento
1998 : *Ceux qui m'aiment prendront le train* de Patrice Chéreau

1998 : *L'Ennui* de Cédric Kahn
1999 : *Un pont entre deux rives* de Frédéric Auburtin et Gérard Depardieu
1999 : *Fait d'hiver* de Robert Enrico
2000 : *Une affaire de goût* de Bernard Rapp
2000 : *Berlin Niagara (Obsession)*, de Peter Sehr
2000 : *Les Destinées sentimentales* d'Olivier Assayas
2000 : *Stardom* de Denys Arcand
2000 : *Scènes de crimes* de Frédéric Schoendoerffer
2000 : *Demonlover* d'Olivier Assayas
2000 : *Comédie de l'innocence* de Raoul Ruiz
2001 : *Les Âmes fortes* de Raoul Ruiz
2001 : *Un jeu d'enfants* de Laurent Tuel
2001 : *Comment j'ai tué mon père* d'Anne Fontaine
2001 : *15 août* de Patrick Alessandrin
2002 : *Cravate club* de Frédéric Jardin
2002 : *Filles perdues, cheveux gras* de Claude Duty
2003 : *Je reste !* de Diane Kurys
2003 : *Père et fils* de Michel Boujenah
2004 : *Agents secrets* de Frédéric Schoendoerffer
2004 : *Le Soleil assassiné* d'Abdelkrim Bahloul
2004 : *La Marche de l'empereur* de Luc Jacquet, voix
2004 : *La Maison de Nina* de Richard Dembo
2005 : *J'ai vu tuer Ben Barka* de Serge Le Péron
2005 : *Grabuge !* de Jean-Pierre Mocky
2005 : *Un fil à la patte* de Michel Deville
2006 : *Je pense à vous* de Pascal Bonitzer
2006 : *L'Homme de sa vie* de Zabou Breitman
2006 : *Une vérité qui dérange* d'Al Gore, commentaire
2008 : *L'Heure d'été* d'Olivier Assayas
2008 : *Caos calmo* d'Antonello Grimaldi
2008 : *Par suite d'un arrêt de travail...* de Frédéric Andréi
2008 : *Les Murs porteurs* de Cyril Gelblat
2010 : *Krach* de Fabrice Genestal

2010 : *Insoupçonnable* de Gabriel Le Bomin
2011 : *Propriété interdite* d'Hélène Angel
2012 : *Le Prénom* d'Alexandre de La Patellière et Matthieu Delaporte
2012 : *Comme un homme* de Safy Nebbou
2013 : *20 ans d'écart* de David Moreau
2014 : *L'Enquête* de Vincent Garenq
2015 : *On voulait tout casser* de Philippe Guillard
2015 : *Marie Curie* de Marie-Noëlle Sehr
2016 : *Elle* de Paul Verhoeven
2016 : *Le Correspondant* de Jean-Michel Ben Soussan
2016 : *Le Cœur en braille* de Michel Boujenah
2017 : *Marvin ou la Belle Éducation* d'Anne Fontaine
2018 : *Fleuve noir* d'Érick Zonca

Charles Berling au théâtre

1981 : *Ça* de Sabra Ben Arfa, Charles Berling, Marie-Pierre Meinzel

1981 : *Le Dibbouk* de Shalom Anski, mise en scène Moshe Leiser

1982 : *Passage Hagard*, création et mise en scène de la Compagnie des Mirabelles

1983 : *Dernières nouvelles de la peste* de Bernard Chartreux, mise en scène Jean-Pierre Vincent

1984 : *Entre chiens et loups* de Christoph Hein, mise en scène Bernard Sobel

1984 : *Les Orphelins* de Jean-Luc Lagarce, mise en scène Christiane Cohendy

1984 : *Le Retour* d'Harold Pinter, mise en scène Stuart Seide

1985 : *L'École des femmes* de Molière, mise en scène Bernard Sobel

1986 : *Ce qui est resté d'un Rembrandt déchiré en petits carrés bien réguliers et jeté aux chiottes* de Jean Genet, mise en scène Jean-Michel Rabeux

1986 : *Le Parc* de Botho Strauss, mise en scène Claude Régy

1986 : *Les Voisins* de Michel Vinaver, mise en scène Alain Françon

1986 : *Succubations d'Incubes**[1] des APA (Acteurs, Producteurs, Associés), mise en scène Charles Berling

1988 : *Le Public* de Federico García Lorca, mise en scène Jorge Lavelli

1988 : *Le Perroquet vert* d'Arthur Schnitzler, mise en scène Michel Didym

1988-1989 : *Monstre aimé* de Javier Tomeo, mise en scène Jacques Nichet

1989 : *Monstre aimé* de Javier Tomeo, mise en scène Jacques Nichet

1990 : *La Maman et la Putain* de Jean Eustache, mise en scène Jean-Louis Martinelli

1990 : *Conversations d'idiots* de Dominique Ducos, mise en scène Walter Le Moli

1991 : *Une sale histoire*, adaptation de Jean Eustache d'après Jean-Noël Picq, mise en scène Jean-Louis Martinelli

1992 : *L'Église* de Louis-Ferdinand Céline, mise en scène Jean-Louis Martinelli

1993 : *Les Marchands de gloire* de Marcel Pagnol et Paul Nivoix, mise en scène Jean-Louis Martinelli

1993 : *Le Chasseur de lions* de Javier Tomeo, mise en scène Jean-Jacques Préau

1993 : *De mes propres mains* de Pascal Rambert, mise en scène Pascal Rambert

1993 : *Le Bavard* de Louis-René des Forêts, mise en scène Michel Dumoulin

1994 : *Les Marchands de gloire* de Marcel Pagnol et Paul Nivoix, mise en scène Jean-Louis Martinelli

1995 : *Roberto Zucco* de Bernard-Marie Koltès, mise en scène Jean-Louis Martinelli

---

1. L'astérisque signale que Charles Berling n'a pas interprété de rôle dans la pièce qu'il met en scène.

1995 : *L'Année des treize lunes* de Rainer Werner Fassbinder, mise en scène Jean-Louis Martinelli

1996 : *Roberto Zucco* de Bernard-Marie Koltès, mise en scène Jean-Louis Martinelli

1996 : *La Cour des comédiens* d'Antoine Vitez, mise en scène Georges Lavaudant

1996 : *Ordure** de Robert Schneider, mise en scène Charles Berling

1997 : *L'Histoire du soldat* d'Igor Stravinsky, mise en scène Emmanuel Plasson

1998 : *Œdipe le Tyran* de Sophocle, adaptation Friedrich Hölderlin, mise en scène Jean-Louis Martinelli

2001 : *Cravate club* de Fabrice Roger-Lacan, mise en scène Isabelle Nanty

2002 : *Voyage en Afrique* de Jacques Jouet, mise en scène Jean-Louis Martinelli

2004 : *Hamlet* de William Shakespeare, mise en scène Patrice Caurier et Moshe Leiser

2005-2007 : *Caligula* d'Albert Camus, mise en scène Charles Berling

2005 : *Pour ceux qui restent** de Pascal Elbé, mise en scène Charles Berling

2007 : *L'Histoire du soldat* d'Igor Stravinsky, mise en scène Michael Lonsdale

2008-2009 : *Fin de partie* de Samuel Beckett, mise en scène Charles Berling

2009 : *La Marche* de Bernard-Marie Koltès, mise en scène Michel Didym

2010 : *L'Infâme* de Roger Planchon, mise en voix Jacques Rosner

2010 : *Le Donneur de bain* de Dorine Hollier, mise en scène Dan Jemmett

2011 : *Ithaque* de Botho Strauss, mise en scène Jean-Louis Martinelli

2012-2013 : *Gould et Menuhin*, mise en scène Christiane Cohendy et Charles Berling

2013-2014 : *Inconnu à cette adresse* de Kressmann Taylor, mise en scène Delphine de Malherbe

2014 : *Dreck** de Robert Schneider, mise en scène Charles Berling

2015 : *Vu du pont* d'Arthur Miller, mise en scène Ivo Van Hove

2016 : *Dans la solitude des champs de coton* de Bernard-Marie Koltès, mise en scène Charles Berling

2018 : *Art* de Yasmina Reza, mise en scène Patrice Kerbrat

CET OUVRAGE A ÉTÉ COMPOSÉ
EN PALATINO CORPS 11
PAR NORD COMPO
À VILLENEUVE-D'ASCQ.

ACHEVÉ D'IMPRIMER
PAR L'IMPRIMERIE CPI FIRMIN-DIDOT
À MESNIL-SUR-L'ESTRÉE, EN SEPTEMBRE 2018,
POUR LE COMPTE DU PASSEUR ÉDITEUR.

Dépôt légal : septembre 2018.
N° d'imprimeur : 144497
Imprimé en France.